El misterio del Cheshire

Obras para Niños y Jóvenes

20 AÑOS

LEYENDO A LA ORILLA DEL VIENTO

El misterio del Cheshire

CARMEN AGRA DEEDY
Y RANDALL WRIGHT

ilustrado por
JONATHAN FARR

traducido por
IX·NIC IRUEGAS

FONDO
DE CULTURA
ECONÓMICA

Primera edición en inglés,   2011
Primera edición en español, 2012

Deedy, Carmen Agra y Randall Wright
   El misterio del Cheshire / Carmen Agra Deedy, Randall
Wright ; trad. de Ix-Nic Iruegas Peón ; ilus. de Jonathan
Farr. — México : FCE, 2012
   221 p. : ilus. ; 19 × 15 cm — (Colec. A la Orilla del Viento)
   Título original: The Cheshire Cheese Cat: A Dickens of
a Tale
   ISBN 978-607-16-1111-6

   1. Literatura infantil I. Wright, Randall, coaut. II. Iruegas
Peón, Ix-Nic, tr. III. Farr, Jonathan, il. IV. Ser. V. t.

LC PZ7   Dewey 808.068 D348m

Distribución mundial

D. R. © 2012, Fondo de Cultura Económica
Carretera Picacho Ajusco 227, Bosques
del Pedregal, C. P. 14738, México, D. F.
www.fondodeculturaeconomica.com
Empresa certificada ISO 9001:2008

Colección dirigida por Eliana Pasarán
Edición: Clara Stern Rodríguez
Diseño: Miguel Venegas Geffroy
Traducción: Ix-Nic Iruegas Peón

Comentarios y sugerencias:
librosparaninos@fondodeculturaeconomica.com
Tel.: (55)5449-1871. Fax: (55)5449-1873

ISBN 978-607-16-1111-6

Impreso en México • *Printed in Mexico*

A mi luminosa nieta, Ruby Rabbit
C. D.

A Dawn, mi sol y mi alegría
R. W.

I

Era el mejor de los gatos. Era el peor de los gatos.

Ligero, elegante y solitario, Skilley era un gato especial. O lo habría sido de no ser por un secreto que lo agobiaba desde sus primeros años. Un secreto que lo obligaba a vivir en un vergonzoso anonimato, evitando incluso cualquier amistad casual que pudiera descubrir que…

—¡Largo, gato!

Una escoba cayó pesadamente del frío y la niebla de Londres. Sobresaltado, Skilley brincó hacia un lado y la escoba golpeó puro aire. El gato, como sea, se negó a largarse. Vio un pescado, luego vio la escoba, y calculó la distancia entre uno y otra.

—¡Largo de aquí, gato ladrón! —chilló la pescadera, y como si hubiera leído los pensamientos del gato, pateó el pescado bajo su puesto y enarboló la escoba para intentar dar otro golpe.

A Skilley lo enervaban las mujeres furiosas con escobas. A lo único que le temía más era a encontrarse con Pinch, el terror de la calle Fleet.

Con un latigazo de su peculiar cola, Skilley dio la espalda a la mujer, concentrando en el balanceo de sus caderas todo el desdén del que era capaz, pero una vez que dio vuelta en la esquina, recorrió el callejón entero como alma que lleva el diablo. Se detuvo al final del corredor, y al reconocer el empedrado, se le alegró el espíritu.

Ovillada sobre su hoguera, en una esquina cercana, estaba la bruja que vendía castañas asadas a medio penique. A escasos metros de ella, un niño pregonaba sidra caliente. Calle abajo, la canción del ropavejero se mezclaba con el cascabeleo de los carruajes y el murmullo de los peatones.

"Ah, la calle Fleet", suspiró Skilley.

Hogar de algunos de los mejores comedores y bares de Londres, la calle era el perfecto centro de reunión para los carroñeros. Y al fondo de un modesto patio se alzaba una taberna de lo más singular, la favorita de los escritores de Londres: El Viejo Queso Cheshire.

Skilley contempló la taberna a través de la espesa niebla. Su letrero de madera colgaba retorciéndose en un remolino del viento de enero. Skilley se estremeció y miró con nostalgia la cálida taberna.

"Debe de haber un modo de entrar allí", pensó.

—Lo que sea que estés pensando… ni se te ocurra —cayó la advertencia, seguida por un suave y amenazante ronroneo.

—Ah, Pinch —dijo Skilley con voz amable, aunque aquella calma externa sólo disimulaba el retortijón que sentía en el estómago—. Buenos días también para ti.

Tornadizo y de sangre pesada, Pinch no era el tipo de gato con el que se pudiera bromear.

—Mejor ahórrate tu "ah, Pinch", y tus "buenos días" —sus ojos se achicaron y el pelo a rayas color jengibre de su lomo se erizó amenazante—; sólo concéntrate en mantenerte lejos de El Queso.

—¿El Queso? —preguntó Skilley sin parpadear—. ¿Qué hay con él?

—Ratones —respondió Pinch.

—¿Ratones? —los ojos de Skilley se ensancharon con falsa inocencia.

—Sí, ratones. El Queso está repleto de ellos.

—Ah.

—El mejor queso de Inglaterra, o al menos eso dicen. Y donde hay un queso así, hay ratones a montón.

Hizo una pausa y emitió un gruñido de placer.

—Gordos y jugosos. Rechonchos y redondos, jóvenes y… tiernos.

Su nariz olfateó como si tuviera cerca un nido lleno de ratoncitos.

—¿Un montón de ratones, dices? —interrumpió Skilley.

—La taberna es mi cubil: mantén tu distancia.

Skilley se sentó y relamió su garra mostrando desprecio. Para completar el gesto, se rascó tras la oreja.

—No sabía que tuvieras casa, Pinch.

—Sí, la tengo, y ahí está —dijo señalando la taberna con la cabeza.

—Mmm, qué raro —respondió Skilley—. Tienes casa en una cálida taberna, y sin embargo pasas el día en este empedrado gélido, con gatos de mi ralea.

—Bueno, será mi casa muy pronto. Espera y verás. El lugar está plagado de ratones y el amo está ansioso por conseguir un mata-ratones.

—¿El Queso busca un ratonero? —dijo Skilley al tiempo que un escalofrío nada desagradable reptó por su espina dorsal.

—Sí, ese ratonero soy yo, y si me haces enojar desgarraré tus...

Pero Skilley había abandonado el hilo de la conversación. ¿Un ratonero, eh? Un plan comenzaba a roer su mente; era un plan de una simplicidad tan cristalina que le sorprendió no haberlo concebido antes.

Se levantó de un perezoso estirón, y con un último vaivén de su torcida cola, dijo:

—Eres un gato especial, Pinch, y gracias.

—¿De qué? —gruñó enseguida el gato color jengibre—. ¿Qué hice?

Skilley no respondió. Ya estaba absorto en la audacia de su atrevido plan, un plan tan astuto que iba a solucionar el resto de las nueve vidas que le quedaban.

—¿Qué oyes?

—¡Pip! Dinos qué están dicien...

—¡Shhh! —Pip alzó un dígito de su diminuta pata y lo presionó contra sus labios. De mala gana, sus compañeros ratones guardaron silencio.

Pip cerró los ojos y apoyó una de sus peludas y delicadas orejas contra la delgada pared que se alzaba entre él y el comedor del Viejo Queso Cheshire. Para su desgracia la pared no era suficientemente delgada, sólo alcanzaba a distinguir una o dos palabras, y eso que a él no le resultaba difícil entender el lenguaje de los humanos, un arte que Pip alcanzó a dominar cuando vivía en el bolsillo de Nell, la hija del tabernero.

Mientras se esforzaba por oír, los pensamientos de Pip volvieron a aquel negro día en que su familia completa —incluidos sus cinco hermanos y hermanas— fue cruelmente asesinada por una mano desconocida.

"La cocinera Croomes". Pip no tenía duda alguna sobre eso. "Su sangriento cuchillo de carnicero había sido encontrado en las inmediaciones del crimen, ¿cierto?"

Sólo Pip había sobrevivido, desde luego gracias a su inusual y diminuto tamaño. Nell había escuchado los chillidos y pudo rescatarlo de aquella sangrienta masacre. La furia y la aflicción de la muchacha eran tales que su respiración iba y venía entrecortada mientras ella subía y subía por la retorcida, sinuosa e inaudita escalera de la taberna.

Se detuvo sólo cuando alcanzó la seguridad que le ofrecía el ático. Mientras sostenía a la pequeña criatura en el cuenco de una mano, con la otra buscaba la bolsa en la que llevaba lana de oveja. Separó una pequeña nube de lana y la metió en el fondo del bolsillo de su delantal. Entonces, con mucha ternura, anidó a Pip ahí dentro.

Cuando escuchó el llanto entrecortado de Pip, la furia de Nell se desvaneció y en su lugar brotó un manantial de dolor que fluía tanto por ella como por el ratón.

La madre de Nell no había tenido una muerte violenta; muy al contrario: murió a causa de una enfermedad común y corriente. Pero no hubo tiempo para despedidas formales, pues simplemente se durmió y nunca más volvió a despertar, como la princesa de algún antiguo cuento. Nell y su padre sintieron como si ella nunca se hubiera ido, como si fueran a cruzarse con ella cualquier día en las escaleras.

Todos estaban de acuerdo en que Nell no había vuelto a ser la misma desde ese día. Los habitantes menos caritativos de la taberna llegaron incluso a decir que se había vuelto un poco loca.

No importa si Nell estaba lúcida, tonta o sólo profundamente triste. Lo cierto es que Pip había encontrado una amiga en la pequeña huérfana. Nell metió la mano en el bolsillo y acarició con la punta de un dedo el peludo lomo de Pip mientras susurraba:

—Ahora duerme. Nadie te hará daño mientras estés conmigo —dijo conteniendo un sollozo.

Aquel había sido el mejor y el peor día en la vida de Pip. Al menos hasta esa tarde, cuando al fin logró callar a sus compañeros el tiempo suficiente para poder escuchar la estruendosa voz del tabernero que pronunciaba aquella ominosa palabra...

Gato.

Skilley puso en marcha su plan en el instante mismo en que Pinch se alejó de él. Esmerándose por parecer apacible en caso de que su rival estuviera observando, Skilley caminó entre los humanos hasta que se perdió entre la multitud. Esperó unos instantes. Entonces, de un salto y una carrera se acercó a la modesta puerta de El Viejo Queso Cheshire, pero no se dirigió hacia la puerta trasera, desde donde diariamente se lanzaban a la alcantarilla pescado, huesos malolientes y budines gelatinosos, y donde sin duda estaría Pinch reunido con otros gatos, esperando la cena.

No. Skilley caminó directo hacia la puerta principal: tremenda imprudencia para un gato.

Dudó por un momento: no dudaba del plan en sí mismo, sino de su ejecución. El suyo era un plan perfecto que ahora se veía arruinado por... una puerta; y Skilley odiaba las puertas por sobre todas las cosas. Se sentó sobre sus ancas y reflexionó sobre su situación. Miró su garra derecha, luego la izquierda, y después examinó el enigmático picaporte. Mientras lo miraba fijamente, como en respuesta a su silencioso deseo, una mano enguantada salió de entre la niebla y empujó la puerta.

—Buenas tardes, señor Minino —dijo el dueño de la mano. Su voz sonaba como las onduladas y graves notas del gran órgano de tubos de la catedral de Saint Paul.

Skilley ignoró el saludo y entró como una flecha. El hombre y su acompañante lo alcanzaron poco después.

—Una tabla de quesos y un pan, Henry —pidió el primero al tabernero—. El señor Collins está un poco hambriento esta tarde.

Sacó una libreta de cuero del bolsillo de su abrigo y la puso sobre la mesa.

—¿Y quién es éste que viene con usted? —preguntó Henry.

—Pero ¿cómo? ¿No conoces a mi amigo Wilkie? Acaba de escribir un libro que tomará a Londres por sorpresa. Es acerca de una mujer fantasmal con un…

—¡Ay, escritores! —suspiró Henry—. Me refería a ese gato de ahí.

El tabernero inclinó la cabeza en dirección al gato. Todos los ojos se posaron sobre él. Skilley lanzó la expresión más malhumorada de la que era capaz, pues deseaba impresionarlos con su sincera ferocidad.

—Es sólo otro leal cliente de la taberna —respondió el señor Collins con una risotada y una respetuosa reverencia hacia Skilley—. Dale una rebanada del mejor queso que tengas, Henry.

El caballero de la melodiosa voz se quitó el abrigo y el sombrero y los colgó de un perchero.

—Quizá ha oído hablar de tus problemas y quiere recomendarse como cazador de ratas. Sin duda luce feroz.

Las palabras de aquel hombre parecían serias, pero algo en su tono hizo pensar a Skilley que se aproximaban unas risotadas. "A éste tendré que vigilarlo", pensó.

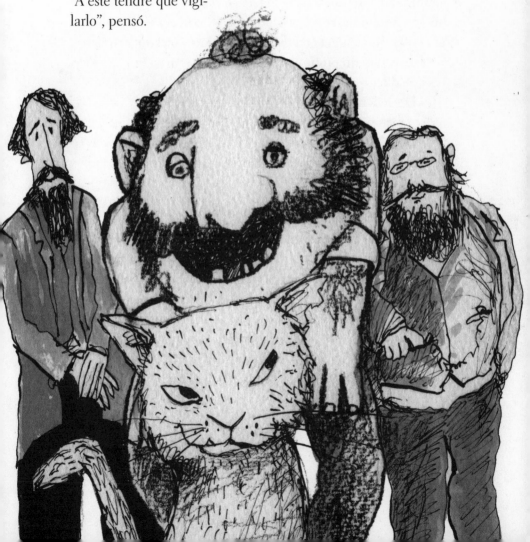

—Cazador de ratones, si no le importa, señor —corrigió Henry bajando la voz—. En El Queso no hay ratas, señor, ¡gracias a Dios! ¡Aunque sí hay suficientes ratones como para poner histérica a Adele y volver loca a mi pobre Nell! Desde que Croomes llegó a nuestra cocina, hace ya diez inviernos, nuestro queso Cheshire está mejor que nunca, y parecería que todo ratón en Londres se ha enterado y ha venido a reclamar su parte.

Henry soltó un profundo suspiro de consternación y se volvió hacia Skilley.

—De acuerdo, entonces, caza-ratones.

El tabernero se inclinó hacia adelante, se colocó en cuatro patas y se dispuso a inspeccionar a Skilley con ojo crítico. Al parecer los callejones, los muelles y las alcantarillas de Londres habían tratado con rudeza al joven gato. La audaz evasión de coches, caballos y orinales, así como de las inevitables escobas de las pescaderas, le habían dejado una oreja desigual, numerosos rasguños y un diseño de cicatrices. Y también tenía la cola torcida; se diría que alguna vez fue quebrada dolorosamente, pero ¿qué o quién la habría roto?

—Sin duda un gato de aspecto cruel —dijo Henry después de un rato—. Pero ¿podrá atrapar ratones, señor Dickens?

Sin embargo, el gran escritor ya no lo escuchaba. Se había instalado en una esquina donde había iniciado un vigoroso garabateo en su libreta: escribía y tachaba, escribía y tachaba sin reparar en quienes lo rodeaban.

—No le haga caso —dijo el señor Collins señalando al señor Dickens con la cabeza—. Está alterado. Dice que no volverá a escribir.

—¿Qué? ¿Que nunca volverá a escribir?

—Y todo porque necesita un principio —respondió el señor Collins—. La primera edición de su nueva revista está por salir, pero el pobre Charles no sabe cómo comenzar su relato.

Sólo entonces respondió la pregunta de Henry acerca del gato:

—Si nos basamos en la apariencia del gato, siento pena por los pobres ratones.

Skilley recompensó al señor Collins con un grave gruñido.

Desde el otro lado de la pared, a través de la más diminuta de las grietas, un ratón de color estaño escuchaba con creciente alarma.

CH. Dickens

Eran, sin duda, días aciagos

Eran tiempos crueles

espantosos

atroces

Era el peor de los días que ha visto el mundo—

Ay, ¿por qué no logro escribir para mi novela un principio que sobresalga de los demás?

Hoy estoy en El Viejo Queso Cheshire con mi amigo Wilkie. Esperaba con ansias una hermosa tarde de queso y camaradería, pero con el pozo de mis palabras completamente seco, no puedo más que desesperarme. Si tan sólo pudiera encontrar mis principios con tan poco esfuerzo como el que Henry invirtió para conseguir su caza-ratones…

Creo que simplemente saltaré al Támesis.
O me convertiré en farolero o en deshollinador.
En cualquier cosa, menos escritor.

II

Pip lamió su garra,
        sacudió su oreja,
               lamió su garra.
      Se alisó el pelaje gris,
               lamió su garra…

Un buen baño siempre lo ayudaba a pensar.

Pip recordó aquella vez en que una elegante dama abandonó el comedor de la planta alta para salir apresuradamente de la taberna. Mientras ella corría por el pasillo, su elegante chalina de seda se atoró en un clavo que algún carpintero había dejado mal puesto. Pip observó fascinado cómo un delgado hilo azul índigo seguía los pasos de la mujer fuera de la taberna, a lo largo de la plaza y hasta la esquina. Y justo era ésta la sensación que el gato sentía: las cosas se deshilvanaban.

"Hemos sobrevivido dos incendios, incontables monarcas y la peste", se dijo para tranquilizarse. "Bien podemos sobrevivir a un gato."

"Pero, ¿qué haremos con Maldwyn?", pensó enseguida.

Volvió a espiar por la grieta. Ese gato sin duda lucía peligroso, aunque había algo en sus ojos que intrigaba a Pip: un dejo de algo fuera de lugar. Sin embargo, en ese momento no había tiempo para resolver ningún misterio, era tiempo de actuar.

Sin detenerse a pensarlo más, Pip se apresuró a convocar una asamblea del consejo roedor. ¡Más bien debía llamar a una asamblea general de los ciudadanos roedores! Se veía forzado a usar la antigua señal. La ruta más corta lo obligaba a cruzar por debajo de las piernas de los dos clientes que acababan de sentarse a compartir un ágape de pan, encurtidos y queso. Al pasar, Pip percibió un olorcillo de queso Cheshire. Su muy refinado olfato lo traicionó y se detuvo por un pequeñísimo y fatídico instante.

Skilley examinó el entorno: hombres, comida y un ratón. Se contuvo con la paciencia de un depredador nato. Aún no, espera. Era esencial que el tabernero lo viera. Se armó de valor y sólo entonces dio un salto para ejecutar una atrapada perfecta.

—¡Miren esto! —gritó Adele, la garrotera—. ¡Miren! ¡Lo atrapó!

—¿A quién atrapó? —preguntó el tabernero, que se había perdido el espectáculo completo.

—¡A un condenado ratón!

La garrotera aplaudía y daba brinquitos sobre los dedos de los pies.

—Ah —dijo el señor Collins mientras se servía un poco de queso—. Bien hecho.

El tabernero miraba de un lado a otro, confundido por tanto grito.

Skilley se pavoneó por el local, dejando que la larga cola del ratón colgara de su boca, a plena vista.

—Tal parece que te has conseguido un buen caza-ratones —dijo el señor Dickens.

Por fin Henry se dio cuenta de lo que ocurría. El hombre de piernas zambas (casi parentéticas) se balanceaba hacia adelante y hacia atrás mientras en su cara irrumpía una enorme sonrisa.

—Tal parece, señor Dickens, tal parece.

"Oscuro y húmedo. ¡Ay!, ¡qué dientes más afilados!"

Capturado, pero aún vivo, el corazón de Pip latía con fuerza. Por puro instinto, el pequeño ratón empleó la última y desesperada estrategia de los débiles: se hizo el muerto. Pero… ¿qué era ese olor? No había tiempo para preguntárselo ahora. Pip se obligó a mantenerse inerte a pesar de la amenaza de los afilados dientes del gato cerca de su barriga. Entonces sintió un salto y una sacudida, seguidos por un descomunal descenso. Su torturador se lo llevaba, pero... ¿a dónde? ¿Escaleras abajo?

Entonces, tan pronto como Pip había sido capturado, su torturador lo escupió groseramente sobre el piso de piedra. Pip se mantuvo inmóvil como si su muerte no fuera fingida. El gato lo empujó suavemente con el codo.

"Si va a comerme", pensó Pip, "¿por qué no deja de jugar?" Había escuchado hablar de ese horrendo juego: la captura, la liberación, los golpes y los abusos, el tronar de los pequeños huesos, la esperanza de escapar antes del desgarrador golpe final. Pip sintió náuseas de sólo pensarlo. Una muerte piadosa y veloz era lo mejor que podía esperar ahora.

El gato lo tocó otra vez. Al lado de Pip no había garras afiladas sino una pata como de terciopelo. Poco a poco abrió un ojo, pero lo cerró de inmediato ante la cercanía de la bestia.

—Corre —susurró el gato—. Si el tabernero te ve, o peor aún, si te ve esa monstruosa mujer con la que me crucé en la escalera...

Pip se estremeció ante la mención de quien sólo podía ser Croomes, la cocinera.

—¿Qué demonios te pasa? —siseó el gato—. ¿Por qué no huyes?

Esta vez el golpecito no fue tan suave.

—¿A mí? —preguntó Pip con los ojos muy apretados—. Me comporto exactamente como es debido en estas circunstancias. ¿Qué te pasa a ti?

—¿A mí? Pues nada. ¡Ya levántate y huye!

Más que una orden, sus palabras eran una súplica.

Pip se sentó y miró a su captor con curiosidad.

—Entonces, ¿no quieres comerme?

Aquello era increíble. Desde el momento en que había visto a ese animal por primera vez, una sospecha había comenzado a surgir en su mente, pero lo que había logrado descifrar no era suficiente como para saciar el apetito de un ratón...

Se puso de pie. Aquel tipo parecía un felino de lo más normal, pero Pip sentía que había algo en él que no encajaba por completo. Y, por otra parte, ¿qué era ese olor?

—¿Tú... no comes... ratones? —aventuró Pip.

—No —respondió el gato, y con enfado y dificultad para ocultar la urgencia de su voz, agregó—: Ahora, ¿podrías escapar, por favor?

—No comes ratones —repitió Pip, frotando sus patas mientras caminaba de un lado a otro. El acertijo era simplemente demasiado complejo, y Pip adoraba los acertijos.

—Eso... fue... lo... que... dije —pronunció el gato como si el ratón tuviera problemas de audición.

—Pero... pero ¿por qué?

—Porque, querido Come-migajas, cuando me imagino sus pequeñas garras asiéndose de mi lengua y la gomosa cola latigueando en mi garganta, siento repugnancia. ¿No te pasa lo mismo?

—Supongo que sí —asintió Pip—. Pero si no comes ratones, ¿por qué estás aquí en El Queso Cheshire, y qué es lo que…?

Ahí estaba ese aroma distractor de nuevo. "¿Sería posible?" Un pensamiento escandaloso pasó por su mente: "Sólo hay una manera de estar seguro", pensó Pip y se escurrió hacia la repisa más cercana.

—Ven aquí —dijo Pip con su mejor voz de mando, aquella que solía reservar para el consejo de roedores.

¡Imaginen ustedes a un ratón hablándole así a un gato! Skilley debió sentirse justamente insultado. Sin embargo, la curiosidad, que ha sido la perdición de muchos de los de su especie, resultó ser la emoción dominante.

—Bueno, aquí estoy —dijo, y se presentó listo para la inspección.

—Más cerca —instruyó Pip y se le acercó hasta que sus bigotes rozaron la nariz del gato. El gato hizo bizco justo antes de apretar los músculos del rostro y soltar un sonoro *¡a… chú!*

Pip casi salió volando de su percha, pero mantuvo el equilibrio. La verdad lo golpeó con toda su fuerza mientras miraba al gato con asombro y confusión:

—¡Queso! —gritó.

Skilley parpadeó. Mientras el silencio entre ambos se alargaba, una fría sensación que luego dio paso a un picor tibio se apoderó de su corazón y finalmente se tornó en un ardiente rubor de vergüenza.

—Mira nada más: qué ratón tan listo —ronroneó con una voz peligrosamente dulce.

—Tengo nombre —dijo Pip ignorando el tono amenazante. Se detuvo para limpiar un poco de la saliva que había quedado en su pelaje.

—¿Qué? —Skilley contuvo una risotada—. ¿Un nombre? Qué absurdo.

Para la mayoría de los gatos un ratón es sólo comida; desde el punto de vista de Skilley, comida nauseabunda, pero comida a fin de cuentas.

—Tengo nombre —repitió el ratón—. Me llamo Pip.

—¿Qué clase de nombre es ése? —resopló Skilley—. ¿Acaso es el apócope de algo?

—Sí, de Pip. Soy Pip. ¿Tú no tienes nombre?

Skilley observó al ratón con interés.

—Aún puedo comerte, ¿sabes? —dijo meditabundo, aunque por el desagrado en su voz era claro que ni siquiera se le antojaba.

—Sí, supongo que podrías, pero no creo que lo hagas. Ambos sabemos que tú no comes ratones: comes queso.

—¿Y cómo lo supiste?

—Puedo olerlo. Rebosa de cada uno de tus poros. Al principio no sabía bien de qué se trataba. Es tan raro percibir un olor a queso en un gato...

—¿Los demás pueden olerlo? —preguntó Skilley alarmado mientras pensaba en Pinch.

—Mmm... es más bien sutil. Yo diría que no has comido mucho queso que digamos desde... Navidad.

La quijada de Skilley se abrió de asombro.

—¿Cómo puedes saber eso?

—Los ratones de El Viejo Queso Cheshire tenemos un muy refinado sentido del olfato en lo que a queso se refiere. No te preocupes, ningún ratón en su sano juicio objetaría la presencia de un gato come-queso.

Skilley sintió un alivio tan intenso que tuvo que sentarse por temor a desmayarse. Un gato come-queso. Nunca había oído esas palabras dichas en voz alta; jamás; ni siquiera de su propia voz.

—¿Estás bien? —chilló el ratón.

—Es verdad que me gusta el queso.

El asombro que le significaba aquella confesión era abrumador. Después de años de desempeñar el papel del camorrero gato de la calle, un insignificante roedor lo había desenmascarado, pero tenía que reconocer que en realidad nunca había sido del todo gatuno.

—De hecho, adoro el queso —corrigió.

—¿Y quién no? —agregó Pip.

—¿No te parece… extraño?

—Le estás hablando a un ratón, ¿recuerdas? —respondió Pip con sequedad—. Lo que no puedo imaginar es que haya alguien que no adore el queso.

Pip descansó las patas sobre su barriga y sonrió:

—Un gato que adora el queso. Bueno, todos tenemos secretos.

El gato le lanzó una mirada de extrañeza.

—¿Tú?

—Todavía no somos tan amigos como para ese tipo de confidencias.

—¿Amigos? —Skilley preguntó frunciendo el ceño.

—Claro. Si una persona honrada y sensible guarda tu más oscuro secreto y no pide nada a cambio, se puede concluir, con cierta razón, que no se trata de un… mmm, enemigo.

—¿Honrada y sen…? —comenzó a decir Skilley.

—Ah, por supuesto. Cuando se trata de secretos, soy un auténtico sepulcro.

—¿Sepul…?

—Lugar de perpetuo descanso —explicó Pip.

El gato lo miró perplejo. Pip añadió:

—Tumba, fosa.

—¿Entonces por qué no dices tumba y listo? —la voz de Skilley se elevó exasperada.

—Pero ¿por qué decir tumba… —agregó Pip poniendo los ojos en blanco—, cuando se puede decir se-pul-cro? —pronunció la palabra como si cada sílaba estuviera hecha del más refinado queso.

Skilley sacudió la cabeza, confundido.

—¿Cómo aprendiste esas palabras tan extrañas?

—Ésa es una historia para otra ocasión —dijo el pequeño ratón desplegando una gran sonrisa que revelaba una dentadura prodigiosa, extraordinaria incluso para un ratón.

Esta vez los bigotes de Skilley se retorcieron de gozo.

—Ahora —continuó Pip—, no más juegos del gato y el ratón. Sé por qué has venido al Viejo Queso Cheshire, pero nunca conseguirás ni una migaja de ese queso impoluto sin nuestra ayuda.

—¿Su ayuda? —bufó Skilley.

—Eres un gato callejero. No sabes nada acerca de candados y llaves —respondió Pip.

¿Candados y llaves? Pip se equivocaba. Skilley lo sabía todo de esos artilugios infernales, pero no podía imaginarse qué tendrían que ver con el queso.

—No entiendo.

—El queso lo hacen Croomes y su hermana en una pequeña granja lechera en Finsbury Park, pero se guarda aquí, en la bodega del sótano, justo debajo de nosotros. Al ser la parte más antigua de la taberna, también es la más fría, lo cual mantiene el queso deliciosamente fresco.

—Pues ¿qué estamos esperando? —Skilley comenzó a acercarse a la escalera. Justo como había supuesto Pip, desde Navidad no había comido más que algunas cortezas con hongos, y había sobrevivido comiendo sobras de callejón.

—El Cheshire se guarda tras una gran puerta con candado. La cocinera Croomes tiene la llave, aunque claro que a nosotros una llave no nos sirve para nada.

—¿Entonces cómo entramos? —preguntó Skilley impaciente.

—Nosotros los ratones tenemos una ruta secreta a través de las piedras y la argamasa: mucho me temo que sea demasiado angosta para ti. ¿Y la puerta? Sólo Croomes la abre.

—Odio las puertas —murmuró Skilley.

—Qué interesante —dijo Pip—. ¿Por qué las puertas?

—Ésa también es una historia para otra ocasión.

—Muy bien —rió Pip—. Por cierto, gato, nunca me dijiste tu nombre.

—Soy Skilley.

—Un honor conocerte, Skilley. Henry tendrá su caza-ratones. Por nosotros, mucho mejor si se trata de un gato que prefiere el queso. ¿Puedo sugerir un acuerdo? ¿Uno que nos beneficie a todos?

Al oír la palabra *acuerdo* los ojos de Skilley brillaron inspirados.

—¿Te refieres a un intercambio de… servicios?

—Exactamente. Si tú nos mantienes a salvo, nosotros te recompensaremos cada noche con el mejor queso del reino.

Pip dejó escapar una de sus inigualables sonrisas.

—Tendría que atrapar a algunos de ustedes —advirtió Skilley con la seriedad de un hombre de negocios.

Pip miró a Skilley con dureza.

—Y soltarnos ilesos, naturalmente.

—¿Sigues sugiriendo que podría comérmelos? ¡Qué asco!, si soy estrictamente un gato come-queso.

—¡Oye, gato! ¿Dónde te metiste? —tronaba la voz del tabernero en las escaleras.

—¿Ahora sí vas a correr? —suplicó Skilley.

—¡Desde luego! —sonrió Pip y saltó hacia la cabeza de Skilley, se escurrió sobre su lomo y corrió a través de la habitación.

Antes de desaparecer por una grieta en la pared, gritó la ubicación de la cita:

—La bodega. A medianoche. Llevaremos el queso.

—¿Dónde?

—¡En la bodega! ¡Sólo sigue tu nariz!

Y desapareció.

Cuando el tabernero vio a Skilley relamiéndose en anticipación al banquete del mejor queso de Inglaterra, dijo:

—¿Estaba sabroso? Bien, mi buen caza-ratones, hay muchos más donde encontraste ése.

CH. Dickens

embaucador

chiflado

embaucar

fementido

gentilhombre

otear

artimaña

Seleccioné estas fantásticas palabras esta mañana mientras me detuve en la esquina del Café Royal para escuchar a los vendedores ambulantes y a los merolicos. Las anoté para no olvidarlas.

También vale la pena anotar que el gato del Queso Cheshire ha atrapado mi atención. Es un animal espléndido con una cola comiquísima. Aparenta ser muy tosco, pero el escritor que llevo dentro imagina que detrás de este sujeto hay mucho más que cicatrices y fanfarronería. ¿Es una bestia? Sin duda eso parece, pero también lo parece Sydney Carton, el héroe de mi relato actual.

Cuatro noches en vela y aún no tengo el principio.

Todavía no me arrojo al Támesis.

Pero bueno, apenas es martes.

III

"Nunca lograré convencerlos de que confíen en un gato", pensó Pip. "No después de lo de Maldwyn."

La ciudadanía roedora del Viejo Queso Cheshire se reunía en el enmohecido ático. Pip estaba encaramado sobre un maniquí de madera en la esquina de la habitación, inspeccionando la escena que se desarrollaba frente a él. Sólo había pasado un cuarto de hora desde que emitió la señal: el doble titileo de la flama de la lámpara de gas.

Se trataba de un código antiguo, implantado por algún antepasado remoto. Con un titileo se llamaba al consejo de roedores; con dos, se convocaba a todos los ratones a una asamblea general urgente. Con tres titileos… Bueno, por suerte esa medida extrema nunca había sido necesaria desde que Pip tenía memoria.

Los ratones acudían al llamado de Pip bajando por las tuberías, escalando por las cuerdas del montaplatos y navegando los ya conocidos caminos entre las paredes de yeso.

El ático parecía estar vivo debido a aquel ondulante movimiento en todas las superficies posibles. Espejos y arcones y lámparas y fuelles desaparecieron bajo la temblorosa y sinuosa frazada de miles de ratones inquietos, todos agrupados en un espacio en el que cabría una cuarta parte de ellos. Hasta las dos lámparas de gas sostenían a un par de cientos de los más jóvenes y acrobáticos.

Pip se lamió la pata...

se limpió la nariz...

se lamió la pata...

En la vida de Pip hubo sólo otro encuentro de este tipo. También se trató entonces de un asunto relacionado con un huésped inesperado. Pip alejó esos pensamientos de su mente: para bien o para mal, ese asunto se había solucionado. Ahora tenía cosas más importantes que arreglar.

Pip observó a los últimos rezagados que llegaban a la asamblea atravesando un agujero en el techo. Era momento de llamar al orden. Extendió una de sus patas. En la palma sostenía un trocito de queso tan radiante como una pepita de oro español. Con un gesto parsimonioso e histriónico lo presentó a la asamblea de ratones que se contoneaban, y en cuestión de segundos se encontraba frente a cerca de diez mil pares de ojos que lo miraban embelesados.

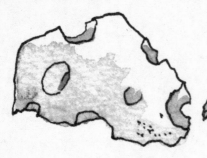

"Vamos por todo", pensó Pip.

Respiró tan profundo como sus pulmones de ratón se lo permitían y comenzó:

—Estimados amigos y vecinos, hoy la dura mano del destino nos ha dado un nuevo golpe... aunque ha sido un golpe benévolo. Un gato ha llegado al Queso...

Un agudo murmullo estremeció a la muchedumbre.

—¡Silencio, por favor!

De nuevo Pip levantó el pedazo de queso. Al pausado clamor le siguió una tensa calma.

—He dicho un golpe benévolo, ya que parece que donde bien podríamos esperar animadversión, encontramos amistad; donde bien podríamos esperar una amenaza, encontramos buena voluntad. No se trata de un gato cualquiera. A este gato no le gustan los ratones. Este gato come...

Pip hizo una pausa para optimizar el efecto:

—Este gato come queso.

Tristemente, no se encuentra entre los talentos de este escritor la capacidad de describir la escena que vino a continuación. Imaginen, si son tan gentiles, una Cámara de Representantes compuesta por diez mil diminutos, alarmados, incrédulos miem-

bros del parlamento, todos chillando y azotando la cola en des-
acuerdo.

La criatura escondida observaba a los ratones con una creciente
sensación de horror. ¿Un gato en El Viejo Queso Cheshire?
Una locura; peor que una locura: una catástrofe. Su ojo sano
miraba de un lado a otro tratando de absorber el caos a través de
una angosta rendija en el yeso. El ojo lastimado parpadeaba y
se rehusaba a participar.

Una buhardilla abandonada, escondida detrás de un ático
más nuevo, había sido su santuario y su prisión durante estos
nueve enfadosos meses. Desde luego, los intentos de sus cuida-
dores por proveerlo de pequeñas comodidades como paja fresca
y trozos de sebo habían sido bienvenidos, pero El Viejo Queso
Cheshire seguía pareciéndole una prisión, tanto como Newgate.

Esa noche, la criatura admitió de mala gana que la soledad de
su habitación había servido para su provecho. Le había permitido observar y escuchar con creciente horror la desastrosa propuesta que se sometía a votación tan sólo al otro lado de la pared.

La criatura contenía con dificultad su congoja y su indigna-
ción. ¿Acaso ya habían olvidado que la mismísima sobrevivencia
de Inglaterra estaba en juego? Si tan sólo le hubieran preguntado
a él; bueno, en realidad sabía por qué no le habían preguntado:
habría detenido de inmediato cualquier iniciativa de negociar
con un… gato.

La sola palabra le resultaba desagradable. Era una pequeña y malévola palabra que comenzaba con una sílaba severa y terminaba con una incómoda.

Y esta criatura sabía de gatos. Hizo una mueca por la sensación en el lomo, que era más un recuerdo que un auténtico dolor. Aun así, nunca había sentido con tanta intensidad las consecuencias de sus arrebatadas acciones.

En ese momento permitió que el arrepentimiento diera lugar a una emoción más potente: un sobrecogedor sentido del deber. Estaba seguro de que Su Majestad la reina estaría furiosa por su ausencia, con todo lo que ello significaba. Debía llegar a la Torre. Pero ¿cómo?

IV

¡El Viejo Queso Cheshire! Entre sus paredes Skilley descubrió un maravilloso laberinto de

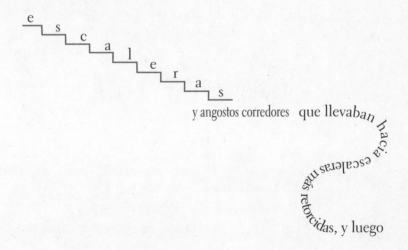

e
s
c
a
l
e
r
a
s

y angostos corredores   que llevaban hacia escaleras más retorcidas, y luego

arriba
hacia pasillos que terminaban de forma abrupta,

y si no,

llevaban hacia

a
b
a
j
o

hacia más escaleras retorcidas y cHueCaS que al final/ iban a dar a comedores,
o cuartos de limpieza
o bodegas que parecían calabozos.

En medio de todo aquello rumiaba Croomes, la cocinera. Auténtica tirana culinaria, ella mandaba sobre las profundidades de la taberna con un cucharón de hierro.

Las ollas y sartenes de cobre
  burbujeaban
    y hervían
      y soltaban vapores
        y espumeaban
          durante el constante cocinar de brebajes y platillos abundantes. Y entre cada uno de los maderos y ladrillos de los dominios de Croomes se colaba el

olor a historia, junto con el aroma del pudín de Yorkshire, cordero rostizado, chuletas de oveja y pay de riñón de otra era.

Skilley encontró la cocina. ¿Qué era eso? ¿Una puerta de vaivén? Como si las puertas normales no fueran lo suficientemente peligrosas. Tuvo que calcular con precisión el tiempo para poder pasar sin lastimarse. Una vez del otro lado, los olores se mezclaban en una confusión de dulce y salado. Y, ¡ah, el sonido de las ollas! Para los oídos de Skilley era como si se tratara de las campanas que repicaban una canción de felicidad y... ¡comida, comida, comida!

Se escurrió detrás de una gran canasta de cebollas, desde donde podría observar la espléndida escena que se desarrollaba ante él y que parecía haber sido orquestada por un genio de la gastronomía: los fogones crujían y chisporroteaban, las mesoneras entraban y salían con el crujir de la puerta de vaivén y los mozos cargados de espumeantes tarros de cerveza se escurrían de un lado a otro, riendo y gritándose órdenes unos a otros.

La cabeza de Skilley se movía al ritmo de toda esa actividad. Era una sinfonía de...

—¡¿Qué carambas hace esa bestia en mi cocina?!

El silencio fue inmediato y total.

Hasta el fuego de los hogares se empequeñeció por la horrorosa voz que salió de una boca tan grande —boca no, ¡fauces!—

que pudo haberse tragado entera, de un solo bocado, la flota del almirante Nelson.

Skilley habría reído ante la graciosa escena que presentaba un muchacho que se quedó a medio andar con el pie suspendido en el aire. Habría reído de no ser por la monstruosa figura que se acercaba lentamente al chico. Croomes avanzaba hacia él con la frente pringada de sudor y grasa. Skilley la había visto sólo una vez: una figura de mujer formidable, mezcla de redondel y cuadrado, tan ancha como alta. Su carnosa mano dirigió al gato un cucharón de madera, pero sólo por un instante; inmediatamente después dio la vuelta al cucharón y le dio un tremendo sopapo al chico en la cabeza.

—¡Saca de aquí a esa bestia pulgosa!

El muchacho cayó al suelo y se escurrió fuera del alcance de Croomes.

—¡El gato! —gruñó la mujer—. ¡Que lo sa…!

La interrumpieron el crepitar del fogón y los escupitajos provenientes de una olla.

—¡Qué desastre! —gritó—. ¡Mi fricasé!

El encanto se quebró. La coreografía de la cocina continuó: la cocinera se dio la vuelta para salvar la salsa, y en ese momento el llavero que colgaba de su delantal se soltó y voló por la habitación. Las llaves cayeron con un cascabeleo frente a las patas de Skilley. La más notable era una llave de bronce más grande que el resto; era más vieja, más gastada y menos brillante.

¡Qué suerte! Skilley intuyó cuál cerradura abriría esa llave. ¡Pip se sorprendería! Aunque, por supuesto, no estaba interesado en impresionar a un ratón.

—¡Ay, se achicharró por completo!

Skilley miró a la mujer, que bajaba la cuchara después de probar la salsa.

—¡No sirve! ¡Tírenla! ¡Empiecen de nuevo, torpes alcornoques!

Mientras Croomes estaba distraída, Skilley olfateó las llaves. Las movió con la pata y las prensó entre sus dientes. Con todo el sigilo del que es capaz un gato, se dirigió hacia la puerta, pero tuvo que alejarse un poco cuando ésta se abrió.

En ese mismo instante un grito estremecedor estalló tras Skilley:

—¡Mis llaves!

Se desató como nunca una gresca de muchachos y garroteras, que daban saltos para apartarse del arrollador avance de la cocinera.

Mientras Croomes se acercaba, una especie de relámpago iluminó a Skilley y lo puso en acción. En lugar de acobardarse, caminó con atrevimiento hasta el centro de la habitación sin quitar la mirada de la fiera cocinera. El pobre mesero, al que la cocinera acababa de atrapar, tiró de su manga y señaló al gato con una mano mientras se cubría la cabeza con la otra.

La mirada que la mujer le lanzó a Skilley hubiera parado en seco al Ángel de la Muerte, pero Skilley continuó decidido. Todos los ojos se posaron sobre él mientras depositaba el llavero cerca de la colosal bota de la cocinera. Tan pronto como apareció, el ceño fruncido y rojo fue suplantado por otro gesto aún más terrorífico. Sería criminal llamarlo sonrisa y, sin embargo, eso era; no hay otra palabra para describirlo: los labios estirados, los dientes manchados de té y las mejillas fruncidas a los lados parecidas a granadas algo más que maduras.

—¿Me trajiste mis llaves? —susurró Croomes.

La suavidad de su voz era aún más desconcertante que su sonrisa. Se inclinó para recoger las llaves con una mano. Con la otra acarició la barbilla de Skilley.

—¡Qué gato tan maravilloso! —dijo acercándose un poco más e inhalando profundamente. Con una mirada turbadora susurró:

—Eres un gato extraño —y suspiró como resignada—: Bueno, apuesto que habrá suficientes ratones para ambos.

Con una palmada en la cabeza que casi lo aplasta sobre los adoquines, levantó el llavero. Su dedo salchicha acuchilló el aire para enfatizar su declaración.

—¡Todos ustedes, pillos, deberían aprender de este gatito una lección de respeto!

Skilley levantó la quijada y, orgulloso, salió de la cocina cronometrando su paso por la puerta para que coincidiera con el momento en que se abría. Una vez del otro lado, casi se colapsa de miedo. En cuanto recobró la compostura, resolvió evitar a toda costa encontrarse con Croomes en el futuro.

La media noche se avecinaba.

Skilley pasó por la transitada cocina y bajó las oscuras escaleras. Mientras se acercaba a la bodega, respiró el peculiar, casi mohoso aroma de los viejos ladrillos, maderos y polvo. Al final de la escalera, vio una tenue luz que se dispersaba por la entrada. Entró en una habitación de techos abovedados y piedras antiquísimas. ¿Así que ésta era la parte más vieja de la taberna? Regados por doquier había barriles de vino, carnes enlatadas y talegas de granos; más allá estaba una vieja y carcomida puerta, hecha en otra era. ¿Sería éste el lugar donde Croomes escondía el famoso queso?

Skilley se estremeció con sólo ver la puerta y se acomodó en un rincón para esperar. Había llegado media hora antes a la cita. ¿Cómo sabía que sólo eran las once y media? Es un hecho que los animales inteligentes (con excepción de los pobres humanos distraídos) tienen un inequívoco sentido del tiempo. No necesitan números romanos plasmados sobre una carátula de esmalte, no necesitan sombras ni relojes de sol —no usan rebanadas de horas, lonjas de minutos, astillas de segundos— para informarse de un secreto que llevan muy dentro. Los animales llevan el tiempo en los huesos. Así, pues, Skilley no necesitaba un reloj de bolsillo para estar seguro de haber llegado temprano. Todo el día estuvo luchando contra el antojo de queso que amenazaba con consumirlo. Sin embargo, conforme pasaban los minutos comenzó a preguntarse si le habían tomado el pelo…

—*¡Ejem!* —chilló una pequeña voz que demandaba la atención inmediata de Skilley.

Por fin había llegado Pip.

—¡Viniste! —la sorpresa de Skilley era evidente.

—Por supuesto que vine. Soy un ratón de palabra.

Skilley miró por encima del roedor, buscando por la bodega el queso acordado.

Pip traía un fragante bocado amarillo y, con gran ceremonia, lo presentó ante el gato colocándolo entre sus patas.

—Para cerrar nuestro trato —explicó.

—Ah, sí… —titubeó Skilley.

—Pareces decepcionado —observó Pip.

—Bueno, no. En realidad no… —contestó Skilley olisqueando la migaja—. Después de todo, es queso Cheshire.

—De la variedad roja, lo que explica su magnífico tono dorado; y —agregó Pip mientras su peludo pecho se hinchaba de orgullo— el mejor de toda Inglaterra.

—Gracias —dijo Skilley.

Tendría que reconsiderar el acuerdo. Seguro no esperarían que sobreviviera con sólo…

—No, gracias a ti —dijo Pip aclarando su garganta y haciendo una señal hacia las sombras de la esquina más lejana:

—*Pssst*, vengan ya.

El gato y el ratón esperaron veinte segundos completos. No pasó nada. Pip miró a Skilley, disculpándose.

—¿Me permites un momento? Mucho me temo que tengo que convencerlos —dijo Pip desvaneciéndose en la profunda oscuridad.

Skilley se esforzó por entender los frenéticos susurros.

—¡No deja de ser un g-g-g-gato! —espetó una voz.

Más murmullos. Al fin, Pip reapareció:

—Mis más humildes disculpas —dijo volviéndose y se dirigió a las sombras con impaciencia:

—¡De prisa! ¡Tenemos un acuerdo!

Skilley miró hacia la penumbra tratando de determinar qué —o quién— estaba escondido en ella.

Entonces una ratona —mucho más pequeña que Pip— salió de la oscuridad. En sus patas llevaba un pedazo de queso del

tamaño de un chícharo: una gran carga considerando su minúsculo cuerpo. Mientras dejaba su diminuta ofrenda, se detuvo y miró al gato, algo que casi la hizo irse de espaldas. Se enderezó y fue a esconderse detrás de Pip.

Dos pedazos de queso: suficiente para dejar contento a un ratón, pero no para tentar a un gato. Pues bien, Skilley se preguntó si sería grosero comérselos de una vez (al queso, no a los ratones) o si sería mejor guardarlos para después…

Entonces apareció un viejo y chirriante roedor con muescas en las orejas. Sus bigotes colgaban como barbas de musgo y un cerillo de madera sostenía cada uno de sus artríticos pasos. Depositó el tercer pedazo de queso y lo movió con el bastón para que rodara hacia Skilley. Con un ligero movimiento de cabeza,

el viejo ratón recogió su cola y, con gran dignidad, se colocó junto a Pip.

Dos ratones más surgieron de la oscuridad, seguidos de tres, cuatro, cinco más, cada uno con una ofrenda en los brazos. Pronto hubo una fila interminable de ratones cargando queso, que serpenteaba desde las sombras y alzaba ante Skilley una dorada montaña de queso Cheshire.

La fila continuaba creciendo, ahora en su mayoría formada por los curiosos. Muy pocos ratones habían visto un gato. Ninguno que viviera para contarlo había visto uno tan de cerca. Sin embargo, en tan sólo unos momentos Skilley se ganó su confianza.

"Pero no es en mí en quien confían; confían en Pip", pensó Skilley.

—Gracias —le dijo a Pip, y esta vez era cierto.

—¿M... m... muerde? —preguntó la pequeña ratona.

—Mastica —respondió Pip—. Pero sólo queso.

—Y uno que otro arenque, cuando la pescadera se distrae —agregó Skilley con un guiño, mientras la ratoncita se escondía de nuevo detrás de Pip.

El ratón más viejo renqueó hacia el frente:

—Agradecemos su alianza con nosotros, a pesar de su desafortunada ascendencia. Sólo manténgase alejado de Maldwyn y estará...

—¡Silencio! —gritó un coro de voces.

El anciano se tapó la boca consternado.

—¿Quién es Maldwyn? —preguntó Skilley.

El viejo agitó su bastón hacia el gato.

—Alguien a quien a usted más le valdría evitar.

La mirada de Skilley se dirigió hacia Pip.

—¿Quién es Maldwyn? —insistió.

Pip negó con la cabeza.

—Esa información no es parte del trato.

—Pero ¿cómo puedo evitar al tal Maldwyn si no sé...?

Un ligero tirón en su pelaje lo interrumpió. La pequeña y valiente ratona, no más grande que una nuez, dio un paso atrás y cruzó las manos al frente. Con una melodiosa voz, recitó:

Muy conocido es el dato,
que la curiosidad mató al gato.

Skilley soltó una sonora carcajada ante aquella imprudencia. Cuando terminó de reír, se agachó y tocó la nariz de la ratoncita con la suya.

—¡Pero la satisfacción lo revivió al rato!

La ratona chilló en respuesta. Para el absoluto horror del gato, se lanzó sobre su hocico, lo tomó con firmeza de los bigotes y le plantó un pequeño beso en la punta de la nariz.

—¡Muy! —dijo su padre, un ratón naturalmente nervioso, y corrió hacia ella. Estaba tan sorprendido por esa muestra de afecto como lo estaba el gato.

Mientras trataba de alejarla de ahí, ella levantó la cabeza y le dijo:

—¡Ay, padre, a Muy le gusta el gato! ¡Huele como nosotros!

—¿Muy? —Skilley miró a Pip en busca de alguna respuesta.

—Muy —respondió Pip con una gran sonrisa—. Así se llama. Es muy estridente, muy curiosa, muy impulsiva; si se trata de ser muy algo, se trata de Muy.

El grupo de ratones respondió con carcajadas y algunas afables risillas.

Avergonzado, el padre de Muy se encogió de hombros y la cargó sobre su espalda. Abrazada a su cuello, Muy descansó la barbilla entre las orejas de su padre y le lanzó una sonrisa a Skilley.

El más puro cielo. Eso era.

Un queso añejado a la perfección: un Cheshire con el toque justo de acidez, un sabor redondo, la textura perfecta, entre suave y quebradizo. Sí, era incuestionable: se trataba, en efecto, del mejor queso de Londres, y Skilley lo sabía. ¿Acaso no había nacido detrás de la estufa en la cocina de un asilo? ¿No eran sus primeros recuerdos los de cuajada y suero y queso? ¿Y no había robado queso de todos los abarroteros y lecheros una vez que lo lanzaron a la calle para…

No. Ahora no pensaría en eso.

Dejaba que cada bocado se derritiera en su boca hasta que no resistía más, y se comía otro. La pila de queso se reducía a medida que su admiración aumentaba.

Pip lo observaba fascinado.

—Maravilloso, ¿verdad? —preguntó.

—¡*Mmm!* —saboreó Skilley y trató de recordar una palabra que alguna vez escuchó de una señora mientras observaba el aparador de una sombrerería. El objeto de su devoción era un sombrero de plumas y lazos. Con el afán de mostrarle a Pip que hasta un gato callejero podía usar una o dos palabras grandilocuentes, musitó *di-vi-no*, y sus ojos se pusieron en blanco de puro placer.

—Divino. Mira qué gran palabra —dijo Pip—. ¿Ves? Claro que conoces algunas palabras maravillosas.

Skilley recordó al caballero que acompañaba a la señora. "¿Cómo fue que llamó a aquel sombrero? Había usado aquella palabra con gran fuerza. Ah, sí."

—¡Ri-dí-cu-lo!

—Te entiendo y estoy totalmente de acuerdo —dijo Pip con una carcajada—. Un queso ridículo, sin duda.

—Come un poco —ofreció Skilley.

—No, no. Bueno, quizás sólo un pedacito, pero debo resistirme; después de todo, es tuyo.

Era un momento histórico: un gato y un ratón, y su mutuo amor por el queso. Aunque la rareza del instante no les pasó inadvertida y a pesar de que cada uno miraba furtivamente al otro, ninguno lo comentó.

Ese solo hecho merecía ser mencionado.

Esa noche Adele, la garrotera, colocó un almohadón con motivos florales detrás del bar, sólo para Skilley. Henry se burló del gesto.

—Ese viejo gato no necesita de tales frivolidades —declaró.

—Pues yo opino que sí —retobó ella—. Cualquier cosa para quien nos libre de esa plaga… —reiteró quitándose de la frente un mechón de pelo—. Yo lo que digo es que hay que darle lo que merece.

Más interesado en ganarse la aceptación de Henry, Skilley olfateó el almohadón e hizo una mueca de desprecio. En su lugar, eligió una esquina particularmente ventosa y ahí se instaló, desafiante.

—¿Ves? —dijo Henry—. Un gato resistente, sin duda.

Pero cuando la taberna cerró sus puertas, cuando el último cliente fue lanzado del lugar y se apagaron las luces, cuando Adele lo había acariciado para darle las buenas noches y el hostelero subió las escaleras hacia su cama, Skilley dejó la sombría esquina y se enroscó sobre la floral comodidad del almohadón. Tenía la panza llena, y la cama era para él un lugar cálido y seguro.

Su mente se relajó con una sobrecogedora sensación de tranquilidad. Estaba encaminado hacia el sueño más dulce que había conocido jamás, cuando un traqueteo resonó en la oscuridad. Lo siguió un distante chirrido. Luchó por abrir los ojos:

—¿Acaso esos ratones no duermen nunca? —murmuró.

Se dio la vuelta sobre su espalda y suspiró de nuevo, sólo para ser interrumpido una vez más, en esta ocasión por un porrazo y un repiqueteo lejano. Los ruidos parecían corresponder a algo demasiado grande como para provenir de sus nuevos aliados; venían de muy arriba, desde el techo. "¿Ratas?", supuso. Luego escuchó un extraño e inhumano grito que hizo que las mismísimas puntas de sus orejas hormiguearan. Estaba de pie y a media escalera, listo para investigar antes de que lo atrapara el sentido común. "No seas tonto", se dijo, "regresa a la cama. Mañana podrás…"

Otro horrendo grito y un estruendo le golpearon los tímpanos. Corrió escaleras arriba, sin ganas de ser sorprendido más tarde en su cama por aquello que rondaba en las regiones más altas de la taberna. Se detuvo al pie de la escalera del ático, sacudido por una silueta humana que se dibujaba en un oscuro rincón. Se movió con sigilo detrás de la caja de un sombrero, deseando haberse quedado en la cama. Olfateó el aire, pero los únicos olores que detectaba eran los de los ratones y el polvo y algo más que no reconocía, algo que no era humano ni gatuno ni ratonil. Algo en descomposición…

Su cola se estremeció de nervios. La figura humana en el rincón se mantuvo quieta. Si Skilley se hubiera dado cuenta de que se trataba del maniquí de una mujer, se hubiera avergonzado mucho de sus temores.

Un seco estrépito tras la pared más cercana hizo que Skilley casi abandonara su propia piel. Le sorprendió la rapidez con la que bajó varios pisos: en unos instantes ya estaba debajo del almohadón floreado y ahí permaneció varias horas, reconfortado sólo por el constante latir de su corazón.

El sueño por fin llegó a Skilley. Durmió hasta después del amanecer, sin moverse incluso cuando los primeros ruidos en las habitaciones de arriba indicaron que los humanos estaban ya en movimiento.

Se despertó cuando Henry entró al comedor aún en camisa de dormir —una imagen perturbadora que hizo que Skilley hundiera la cara más profundamente en el almohadón. Desde ahí podía oír los farfulleos del tabernero:

—¡Malditos fantasmas! ¿Por qué en mi taberna? ¿Por qué no mejor en La Vieja Campana? No pude dormir ni un ápice. ¿Tú qué tal, gato? Durmiendo, ¿verdad? Pues bueno, descansa. Es un buen día para cazar ratones.

Skilley no se movió. Incluso ignoró la lonja de tocino que Adele le dio para desayunar. Aunque con sobresaltos, durmió toda la mañana, incluso durante las entregas.

Fue la descarga de gritos tremendos lo que al final lo obligó a comenzar el día.

—¿Qué es todo ese trabuco?

La fulminante voz de Croomes conforme se acercaba al comedor ahogó por un momento los estridentes gritos de Adele. En respuesta a los chillidos, la cocinera dejó de lado un tazón con la masa de pan que leudaba, lista para ser amasada. No estaba de buen humor.

Hubiera atropellado a Skilley de no ser porque éste hábilmente se quitó de su camino para encontrar refugio bajo una de las sillas.

Croomes se detuvo en seco cuando vio a la garrotera. El pelo alborotado de Adele y su cara grisácea eran la encarnación misma del terror.

—¡A-a-ahí! ¡Vi-vi-no hacia mí! ¡Fu-fu-fue espantoso! —decía la garrotera como en una especie de hipo telegráfico al tiempo que señalaba el cono de azúcar sobre el aparador.

Al verla temblar de pies a cabeza sobre el mostrador de la taberna, nadie hubiera imaginado que se trataba de la misma muchacha cuya lengua se había alzado en insultos contra el carbonero esa mañana, cuando éste trató de darle medio saco menos de carbón. El hombre se marchó indignado, no sin antes corregir el error y darle a Adele el vuelto, dejándole una sonrisa coqueta plasmada en la cara. Pero eso había sido horas antes.

—Malditos ratones —gimoteó la chica desde su precaria percha y acercó las rodillas al pecho—. ¿Por qué a mí? ¿Por qué nadie más los ve? ¡No puedo cortar ni media rebanada de queso sin encontrarme con uno!

Era verdad. Adele parecía tener un extraño don para descubrir ratones: al meter la mano en un saco de harina, al barrer detrás de un basurero, al darle la vuelta a una taza, ahí estaba alguno, mirándola con sus negros y brillantes ojitos. (Si supiera lo popular que el juego *Atormentemos a Adele* se había vuelto entre los ratones más jóvenes.) Tembló al tiempo que Croomes puso los ojos en blanco y pasó a su lado. Se dirigió al aparador con el cuchillo en alto:

—Aquí estoy, ¿o no? —rugió.— ¡Deja ya de pegar esos miserables aullidos!

Frenético, Pip se paró sobre sus patas traseras y apretó la peluda barriga contra la arenosa superficie del cono de azúcar. Había logrado esconderse en el lado oculto, aunque su respiración le parecía terriblemente ruidosa. "De ésta no vas a salir, querido Pip", pensaba.

Adele había aparecido por sorpresa, pero la podía manejar. En la mente de Pip, ella se encontraba entre esas almas inofensivas de las que pueden esperarse alaridos al primer indicio de un ratón: sus interrumpidos gritos llegaban precisamente cada dos segundos y eran tan confiables como los trenes de la estación Paddington. Pero a pesar de ello, a Pip no le molestaba Adele: no era una verdadera amenaza y, como casi todas las chicas, le recordaba a la pobre Nell.

Pip regresó de su ensueño por culpa de los gruñidos y resoplidos de Croomes, seguidos por el crujir de los maderos del suelo mientras ella se acercaba sigilosamente, paso a paso.

¿Adele lo había delatado? ¿Había señalado el cono de azúcar? "Tranquilo, Pip", se decía a sí mismo. Podía olerla: morcilla, el regaliz de las semillas de hinojo, sudor. Su sombra cubrió la superficie del aparador, una mano agarró el cono de azúcar y Pip, asido de la orilla del cono, fue levantado en vilo sobre la cabeza de Croomes, quien buscaba por doquier.

—¿Qué es lo que estoy buscando, niña?

—¡Ya te dije! ¡Una rata! —espetó Adele.

—¿Y por qué me sacas de la cocina cuando deberías llamar al gato?

Skilley apareció en escena en ese crucial momento. Astuto como siempre, soltó un maullido, saltó sobre la mano de Croomes, derribando el cono de azúcar al suelo, y con él al ratón que de ahí se sostenía.

—¡Maldición! —gritó Croomes al ver las gotas de sangre que corrían por sus nudillos. Luego vio a Pip hecho un inmóvil montón de pelo gris sobre el tablón de madera, junto al cono de azúcar hecho trizas. La reacción de Croomes fue inesperada.

—¿Un ratón? ¿Y para eso me hiciste descuidar los panes? ¿No dijiste que habías visto una rata?

—¡Son lo mismo! ¡Malditas alimañas!

—No son lo mismo, ¡en absoluto! Un ratón no se parece en nada a una rata.

Mientras las dos mujeres peleaban distraídas, Skilley se metió a Pip en la boca.

—La asusta un pequeño ratón —murmuró Croomes con desagrado, sacudiendo su enorme cabeza mientras daba media vuelta para marcharse—. Más te vale que te acostumbres a ellos si vas a trabajar en El Queso.

Adele se bajó con torpeza del mostrador, tratando de pescar el zapato que perdió en el alboroto. Mientras la cocinera, cuya espalda parecía un ropero, se alejaba, Adele dijo con brusquedad:

—¡Tú qué sabes!

El siguiente comentario lo dirigió a Skilley.

—Lo que necesitamos son refuerzos. Dos caza-ratones seguro funcionan mejor que uno, ¿no es cierto?

Skilley hubiera tragado saliva de no ser por el contenido de su boca.

Croomes, que se detuvo en la puerta para quitarse una cana suelta, escuchó cada palabra y sintió una oleada de pánico. Un gato no la preocupaba, pero ¿dos?

V

Skilley no se detuvo hasta alcanzar el rellano de la escalera que llevaba a la buhardilla, en la parte más antigua del ático. Abrió la boca con delicadeza y depositó a Pip sobre una pila de periódicos.

—Esto tiene un costo extra, ¿sabes? —dijo Skilley.

Tirado bocabajo, Pip dio un suspiro tan largo que hizo que sus bigotes se movieran de arriba a abajo. Con un gesto triunfal, levantó el trozo de azúcar del que se había apoderado durante el encuentro con Croomes.

"Todo entero: excelente", se dijo complacido.

—¿Te salvé de esa loca para que pudieras tener una pizca de azúcar? Pensé que sólo comías queso… —dijo Skilley, helado.

No era posible. ¿O sí? Unos segundos después reía con tal intensidad que se tuvo que apoyar en la pila de periódicos para mantenerse en pie:

—Creo que he descubierto tu secreto, Pip.

El ratón se incorporó, alerta.

Skilley miró con un gesto de complicidad el plateado trocito de azúcar de su compañero:

—Aunque ahora que lo pienso, todavía no te he visto comer queso.

—¿Qué insinúas?

—¡Que yo no como ratones y tú no comes queso!

Una vez más, lo hilarante de aquella situación pudo más que Skilley, quien se colapsó de risa sobre los periódicos. Esta vez la pila se vino abajo y arrastró con ella a Pip. Mientras los diarios se regaban por el piso en un maremoto de anuncios y noticias sobre Londres, Pip se mantuvo ágilmente sobre la primera plana, que lo llevó hasta el otro lado de la habitación. Finalmente, el impacto lo tumbó.

Skilley se dejó caer al piso, sobrecogido por la risa, pero Pip no estaba ni remotamente tan divertido. Se puso de pie y respondió a la acusación:

—¡Has de saber que amo el queso! El azúcar es para Mald…

Los ojos de ambos se encontraron. Por un largo momento incómodo, ninguno de los dos desvió la mirada… ni habló. Skilley soltó un suspiro y caminó sobre sus acolchadas patas hacia Pip.

—Lo que sea que estés planeando, toda esta secrecía y este misterio me están cansando, amigo. ¿Acaso hay un mínimo de veces que tengo que salvarte la vida antes de que confíes en mí?

Skilley hizo una pausa al reparar en la mirada de asombro de Pip.

—¿Qué ocurre?

Pip había dejado de mirarlo y observaba fijamente las manchitas de tinta en el papel bajo sus pies.

Lo que siguió fue aún más incomprensible para Skilley. El pequeño roedor apretó la nariz contra el papel y comenzó a moverse de un lado al otro de la página. Lo hizo de la forma más metódica, sin apartar los ojos de las marcas de tinta. Cuando al fin se detuvo, del pedazo de azúcar apenas quedaba un caminito a lo largo del periódico: en su desesperación, Pip lo había triturado por completo. Parecía tan conmocionado que Skilley temió por su salud:

—¿Pip? —susurró.

El ratón se volvió hacia él como en un trance.

—Maldwyn. Él decía la verdad.

Sin más, Pip salió disparado por el agujero más cercano.

—¿Volvió a escapar? —pronunció la voz de órgano que había presentado a Skilley en la taberna. El señor Dickens, ¿no?

Skilley lanzó al hombre una mirada de singular indiferencia. Dickens se apoyó sobre la barandilla de la escalera, se cruzó de brazos y enfrentó la mirada del gato con un asomo de interrogación. Skilley agudizó la mirada. El escritor trató de sostener la mirada del gato, pero aguantar la mirada de un gato es algo muy complicado.

—Muy bien —rio el señor Dickens, alejándose—. Pero te diré una cosa: ese ratón tuyo parece tener más vidas que tú, mi querido gato.

Skilley observó a Dickens alejarse escaleras abajo y escuchó cómo sus pasos se volvían apenas perceptibles. No le había fallado el instinto: había que vigilar a ese hombre, pero ahora Skilley tenía un asunto más interesante entre manos.

¿Qué había descubierto Pip entre todos esos envoltorios de pescado que lo había alarmado de esa manera? Skilley caminó sobre los periódicos tratando de entender lo que veía. ¿Y qué tenía que ver con todo eso el esquivo Maldwyn? Estudió los periódicos regados por el piso, pero sin importar cuántas veces caminara entre ellos, no pasarían de ser lo que siempre habían sido: papeles para envolver pescado. Entonces por qué Pip…

¡Planc! ¡Clonc! ¡Crac! ¡Tonc!

Y luego, silencio.

Skilley alzó los ojos hacia el techo.

Maldwyn caminaba de un lado para otro sin descanso, con pasos tan entrecortados como los de una marioneta. La habitación era un desastre.

—No te ves… muy bien —dijo Pip con mucho tacto, rascándose una oreja.

En efecto, bajo la tenue luz, Maldwyn parecía afectado por varios males: parálisis, gota, hidropesía y quizás, a juzgar por su tos y sus resuellos, un poco de malaria.

—Si podemos hacer algo para que esté más cómodo, señor… —comenzó a decir Pip y se maldijo en silencio por haber destruido el trozo de azúcar que tanto trabajo le había costado conseguir: Maldwyn se endulzaba considerablemente después de un trocito o dos.

—No será necesario. Ya han hecho suficiente —respondió Maldwyn con palabras amables, aunque su tono era glacial.

Pip no podía soportarlo más:

—¡Era cierto lo que usted nos decía, señor! ¡Ahora lo sé!

Aquellas dos breves frases, pronunciadas en un arranque, lo dejaron sin aliento. Miró a Maldwyn con compasión. Maldwyn movió su ojo bueno hacia el ratón y se encogió de hombros, como si esa obvia verdad ahora no tuviera importancia. Siguió caminando de un lado a otro al tiempo que una vela, ya con canales de cera, producía un humo lleno de hollín que hacía parecer aún más inquietante el meneo de su cabeza.

—Ay, Dios… —murmuró Pip. Las cosas no iban nada bien.

Se lamió la pata…

se rascó la oreja…

se lamió la pata…

¿Por qué había dudado de las palabras de Maldwyn?

Cuando Nell llevó a Maldwyn al ático por primera vez con sus amigos los ratones, nadie esperaba que sobreviviera la noche. Las pocas veces que hablaba, lo que decía era tan ridículo que pensaron que alucinaba, o que lo había atacado la senilidad, o peor: que estaba loco de remate. Pese a sus dudas, los ratones lo atendieron por el bien de Nell. Entonces, casi milagrosamente, Maldwyn mejoró; por desgracia, pensaron algunos.

Cuanto más se recuperaba, tanto más descabelladas se volvían sus historias. Claro que resultaban divertidas para los ratones más jóvenes. Los pequeñines se congregaban por docenas alrededor de su lecho para escuchar una más, hasta que aparecían sus madres disgustadas para devolverlos a sus nidos. Pero la insistencia de Maldwyn sobre la autenticidad de sus cuentos pronto se volvió peligrosa.

Maldwyn vio su oportunidad cuando tuvo que cuidarlo el viejo Bodkin. Eligió la historia más larga y aburrida y la contó sin parar hasta que el anciano ratón, haciendo su mayor esfuerzo por evitarlo, acurrucó las patas bajo la barba y se quedó profundamente dormido.

Bodkin aún roncaba cuando Maldwyn salió al rellano y casi despertó con sus gritos a todos los habitantes de la casa:

—¡Exijo ver a Su Majestad, la reina!

Por fortuna, el tabernero tenía el sueño profundo. Nell fue la primera en llegar hasta Maldwyn. Con una combinación de adulación y gentil firmeza, lo convenció de regresar a su escondite antes de que todos despertaran. Aun así, ella no podía ni pensar en echarlo a la calle.

Los miembros del Consejo roedor habían cedido, aunque muy prudentemente, y para desgracia de Maldwyn, decidieron confinar en sus aposentos al "invitado" de Nell.

El crujido de una de las tablas del piso devolvió a Pip al presente. Cuando vieron al intruso, resultó difícil determinar quién estaba más asustado, si él o Maldwyn.

—¿Skilley? —llamó Pip.

El gato lo miró igualmente asombrado. Alternando la vista en Pip y su acompañante, tartamudeó:

—¿Maldwyn es un… grajo?

Pip negó enfáticamente con la cabeza, pero Skilley no comprendió la enormidad de su error.

Maldwyn dio un paso al frente en dirección a Skilley. Se irguió hasta alcanzar su altura máxima —que era muy impresionante— y habló con profunda dignidad:

—No soy un grajo, señor, ni una urraca, ni una grajilla, ni una corneja, ni un zanate.

—Es un cuervo —susurró Pip al oído de Skilley.

Maldwyn silenció al ratón con un horrendo graznido. Fijó en Skilley una mirada invernal y declaró con una elegancia que no dejaba duda alguna sobre su linaje:

—Pertenezco a la Casa de Battenberg: soy un cuervo de la

Torre de Londres, propiedad de la reina Victoria de Inglaterra. ¡Y de mí depende el futuro del Imperio!

—¿Así que tú eres el fantasma de la buhardilla?

El comentario de Skilley no fue bien recibido.

Y cuando el profundo grito del cuervo salió de su garganta —un sonido espeluznante, a medio camino entre un graznido y un alarido—, Skilley sintió cómo el pelo de su lomo se le ponía de puntas.

—¡Cálmese, señor! —dijo Pip corriendo al lado de Maldwyn.

—¡Es un gato! —gritó Maldwyn, como si el hecho le hubiera pasado inadvertido al joven ratón.

—Es, en efecto, un gato —admitió Pip con voz calmada pese a la creciente tensión en la habitación—. Pero le doy mi palabra de que se trata de un gato inusual. No come ratones: Skilley prefiere el queso. Estará usted de acuerdo en que esa sola característica lo convierte en un gato poco gatuno. Sin duda usted ya sabe esto, ya que observó la reunión del Consejo a través de la ranura...

Pip hizo una pausa para lamerse la pata...

para rascarse la barbilla...

—El gato... —insistió el cuervo.

—El gato —interrumpió súbitamente Skilley— puede hablar por sí mismo.

Pip dejó escapar un gemido.

Skilley lo ignoró y dirigió sus comentarios a Maldwyn:

—Admito que sé poco sobre los cuervos de la Torre. Pero ¿no se supone que normalmente están ahí? Me encantaría escuchar cómo es que uno de ellos vino a esconderse aquí, en el ático del Queso Cheshire.

—Cuéntele, Maldwyn —lo animó Pip—. Él nos ayudará. Sé que lo hará. Lo harás, ¿verdad, Skilley? —preguntó Pip sin poder contener una sonrisa.

—Eso depende. Lo único que disfruto más que un buen queso es una buena historia —respondió Skilley, acomodándose ante el cuervo.

Ahora todo dependía de que Maldwyn aceptara o no el reto.

VI

Maldwyn ya había contado antes su relato, casi siempre a los cuervos más jóvenes que necesitaban lecciones de historia. Nunca pensó que tendría que contársela a un gato. Sus ojos se posaron primero sobre Pip y luego, más por encima, sobre Skilley.

Con un repiqueteo de su pico y aclarando la garganta, comenzó a contar:

—Siempre ha habido cuervos en White Hill…

—¿White Hill? —preguntó Skilley.

—La Torre de Londres se encuentra sobre White Hill. ¡No me interrumpas!

Skilley gruñó y Maldwyn comenzó de nuevo:

—Siempre ha habido cuervos en White Hill. Antes de nuestra querida reina Victoria, antes de la locura del rey Jorge, antes de la era dorada de la reina Isabel, ahí estábamos.

"Nuestro destino quedó escrito en los días del rey gigante, Bran el Bendito. El rey fue muerto en batalla defendiendo Bretaña, luego de lo cual sus propios hombres le cortaron la cabeza.

—¡*Puaj*! —exclamó Skilley.

—Ahórrame los gemidos de asco —graznó el cuervo—. ¡Por todos los cielos! No tenía idea de que los gatos pudieran ser tan remilgosos. Como decía, le cortaron la cabeza. ¿Puedo continuar con el relato?

Pip y Skilley se miraron antes de asentir con la cabeza.

—¿En qué iba? —preguntó Maldwyn sacudiendo un ala y volviéndose a acomodar sobre la percha—. Ah, sí, la cabeza...

"Se creía en aquellos tiempos que la cabeza de un hombre contenía su alma, y que gritaría en señal de alarma si se acercaba el enemigo.

"Los hombres del rey Bran enterraron su cráneo en White Hill —un lugar, recuerden, donde siempre vivieron cuervos— y se aseguraron de que mirara hacia Francia, para prevenirlos de una invasión.

"Ahí estaba Bran, siempre vigilante.

"Y ahí estaban los cuervos. Lápidas vivientes, cuidamos del gran rey. Él cuida de Inglaterra. Durante siglos se creyó que si se nos dejaba cumplir con nuestro deber, nuestra patria se mantendría libre de intrusos.

"Entonces llegó Carlos II, el Alegre Monarca.

Maldwyn hizo una pausa y dejó escapar una risa ronca.

—¿Alegre Monarca? ¡Bah! Bufón descerebrado, diría yo. Ni el cráneo de Bran estaba tan vacío como el suyo. Pero Carlos no era el único tonto de la corte…

El ojo negro azabache del cuervo pasó de Skilley a Pip. Cuando estuvo seguro de tener su atención, Maldwyn continuó:

—Por desgracia, el rey Carlos sentía más pasión por las distantes estrellas que por los asuntos diarios de la corte. Fue él quien creó el Observatorio Real en White Tower. Todo iba bien hasta que su astrónomo —un tal John Flamstead, aún más idiota— se quejó de lo que llamó la "plaga" de cuervos.

Enfurecido, el cuervo se volvió hacia su auditorio.

—¡Imagínense el descaro de referirse a nuestra presencia como a una plaga! Sí, bueno…

Maldwyn hizo un notable esfuerzo por calmarse y continuó su historia:

—Carlos respondió a las lamentables quejas de su astrónomo y ordenó que se masacrara hasta la última ave.

Pip no pudo contener un gritillo ahogado y Skilley pegó las orejas al cráneo.

—Tal como lo oyen —aseveró el cuervo—. Les juro que es cierto. Pero no se preocupen por eso todavía.

"Antes de que la orden pudiera llevarse a cabo, un adivino de pelo blanco se presentó ante el rey. La historia ha olvidado su nombre, pero no su valentía. Predijo las más terribles consecuencias para el reino y para el alegre Carlos si se lastimaba a uno solo de los cuervos.

Esta vez fue el cuervo quien interrumpió la narración. Al parecer, no pudo resistir contar un escandaloso chisme:

—Se dice que el adivino asustó tanto al querido Carlos, que el rey ensució sus pantalones, algo muy vergonzoso para cualquier humano, según entiendo —rió de buena gana—. Una anécdota poco elegante, quizá, pero me reconforta creer en ella.

El cuervo retomó el hilo de la narración tratando de recuperar la compostura:

—En cualquier caso, el rey juró que mientras él mandara sobre Inglaterra, nunca habría menos de seis cuervos en White Tower.

"Desde ese día, cada monarca ha aceptado nuestra presencia ya sea con indulgencia, con indiferencia o con forzado respeto e Inglaterra se ha mantenido, en gran medida, libre de todo daño. Eso hasta que cierta tarde infortunada, tomé una decisión poco aconsejable.

"Hasta ese día, había seis cuervos en la Torre. Ahora sólo quedan cinco.

Por un buen rato Maldwyn quedó absorto en sus pensamientos.

—¿Cinco? —preguntó Skilley, atreviéndose al fin a romper el silencio—. ¿Qué le sucedió al…?

Pip soltó un ligero tosido y entornó los ojos mientras movía la cabeza en dirección al cuervo. Maldwyn dejó caer la cabeza y habló como si lo hiciera desde un sueño:

—Recuerdo con claridad aquel momento. Era un día inusual en Londres: finas y transparentes, las nubes se extendían como trozos de manta de cielo. El cielo mismo era de un azul seductor. Ahora creo que me embrujó tan deslumbrante belleza.

"También estaba el asunto de mis alas. Debido a mi edad y a los años de leal servicio, el cuidador de cuervos había permitido que mis alas crecieran de nuevo. Pero lo traicioné. Tal es la atracción de la primavera, incluso para nosotros los viejos. Soy el más viejo de todos los cuervos, pero era un polluelo cuando tuve por última vez la dicha de volar. Lo único en lo que podía pensar era en remontar el vuelo sobre el río y volver. Pero mi capacidad de razonamiento se esfumó en cuanto me atrapó una ráfaga de aire tibio sobre el Támesis. Ninguno de ustedes ha volado. Nunca han visto el mundo a través de los ojos de un ave. Volando, suspendido por fuerzas invisibles, me di cuenta de que yo mismo casi había olvidado esa sensación. Durante un rato estuve perdido en una embriaguez que no soy capaz de explicar: sin ataduras, libre, pero al final, sin control.

Incapaz de contenerse, Skilley volvió a interrumpir:

—¿Sin control?

—Mientras me orillaba hacia la Torre, una fuerte ráfaga de viento me lanzó en picada. En poco tiempo caí sobre los adoquines de un callejón mal iluminado. Cuando recobré el conocimiento vi muchos pares de ojos brillantes que me observaban desde los tenebrosos rincones.

Maldwyn observó a Skilley con recelo por un instante y retomó su historia:

—Los gatos, yo diría que la mayoría de ellos, no tienen decencia alguna. Los muy cobardes se mantuvieron escondidos hasta asegurarse de que estaba herido. Mientras me rodeaban, dos de los más audaces se acercaron lo suficiente como para olisquearme. Entonces una bestia de rayas color jengibre se agazapó y saltó sobre mí. Lastimado como estaba por la caída, me costó mucho esfuerzo defenderme. Normalmente un gato no es amenaza para un cuervo. El cuervo ganará toda batalla. ¿Pero seis gatos? ¿Siete? ¿Y yo con el ala rota?

—¿Dijiste que se trataba de un gato con rayas color jengibre? —repitió Skilley, erizado por el miedo. Sólo conocía a un gato de esas características en la calle Fleet.

—Un gato de enormes proporciones. Lo recuerdo bien, y me aseguré de que él nunca pudiera olvidarme.

Maldwyn batió el pico una o dos veces. Su voz se tornó amable:

—La chica humana a la que llaman Nell fue quien decidió el destino aquel día. Salió de la taberna como un ángel vengador, como la mismísima Britania, armada con una olla y un cucharón. Los batió hasta crear tal escándalo, que mis atacantes se desperdigaron en una profunda oscuridad. Si Nell no hubiera aparecido, yo no estaría aquí contándoles esta historia.

El cuervo se volvió abruptamente hacia Pip:

—Dime —exigió—. Ya que ahora dices creer lo que te cuento, ¿qué has planeado para devolverme a la Torre?

Skilley trató de mantener la farsa de la caza de ratones mientras se paseaba por la taberna al día siguiente. El olor de los ratones se distinguía con claridad por doquier, pero por suerte no había un solo bigote en los alrededores.

Mientras Skilley acechaba, la historia del cuervo irrumpía en sus pensamientos. Entre más consideraba la situación, más malhumorado se ponía. Este tal Maldwyn no era parte del trato. ¿Cómo demonios se suponía que un gato y un ratón podrían sacar un cuervo a hurtadillas? Y no hablemos de cargarlo por la catedral de Saint Paul y por el mercado de pescado en Billingsgate y hasta la Torre de Londres.

"Imposible. Considerarlo siquiera era una ridiculez."

Rumiando absorto estas preguntas, Skilley se acomodó en el alféizar de una ventana con vista a la calle.

El señor Dickens se encontraba en su lugar habitual en una mesa cercana. ¿Era su imaginación o el hombre lo estaba mirando? Toda la mañana Skilley había hecho su mejor esfuerzo por ignorar al tipo. Pese a su resuelta apatía, al gato le parecía

que cada vez que se volvía en esa dirección el hombre desviaba la vista con rapidez, miraba al suelo y comenzaba a anotar algo en la hoja frente a él.

Desde la ventana Skilley alcanzaba a ver cada apasionado movimiento de la mano de Dickens plasmando garabatos como arañas de tinta negra por todo el papel.

¿Qué es lo que hacía ese hombre?

Entonces, sin advertencia alguna, Dickens se puso de pie y con toda tranquilidad se dirigió hacia el lugar donde se encontraba Skilley:

—¿Qué tal te va, gato? ¿Ya tuviste suficientes ratones por hoy?

La pregunta parecía amigable. Una mano afectuosa lo rascó cerca de las orejas y la barbilla con tal pericia, que Skilley se relajó sin proponérselo.

—¿Y qué tal está tu buen amigo, el ratón con dientes excepcionales? —dijo con tal suavidad que Skilley dudó de haber escuchado correctamente.

"Ay, Dios", pensó, "el instinto de este humano es como el de un gato".

Dickens volvió a su mesa y pidió un tarro de té fuerte.

Skilley se rehusaba a mirar en aquella dirección. En cambio, permitió que su mente recordara la sorprendente conclusión que había ofrecido Pip a la historia contada por Maldwyn.

Al parecer, la ira de la reina Victoria ante el secuestro de su cuervo más antiguo era noticia por todo Londres. El secreto había dado paso a la urgencia. De acuerdo con Pip, el público humano había sido informado de la amenaza y los hombres de Su Majestad peinaban Londres en busca del cuervo secuestrado. Los cinco cuervos restantes estaban bajo vigilancia.

Su Majestad sospechaba de los franceses. Francia había retirado a su embajador: las aguas diplomáticas entre ambos países bullían desconfianza con renovadas (e históricas) acusaciones. Se hablaba incluso de guerra.

"¿Cómo pudo saber todo esto Pip?", se preguntaba Skilley. "¡Ay, Dios!"

Skilley se sobresaltó cuando vio corretear por el suelo a la pequeña Muy. De un salto la salvó atrapándola entre sus quijadas.

—Buen minino —dijo Henry—. Mantén a esa plaga lejos de aquí.

Henry se agachó y acarició el pelo del lomo de Skilley, como antes había hecho el señor Dickens. El gato no estaba acostumbrado a tales muestras de afecto, pero le agradaban.

El tabernero se incorporó:

—¿Dónde está Adele? —preguntó buscando con disgusto a su alrededor.

De un movimiento, Skilley soltó a Muy cerca de un agujero en la madera. La ratona dio un golpe con el pie y dijo indignada:

—¡Me gustaría que avisaras antes de comerte a Muy!

En respuesta, Skilley la empujó por el agujero y comenzó a limpiarse a lengüetazos. Nadie parecía haber notado el intercambio. Continuó relamiéndose como si acabara de comer un delicioso tentempié.

Una de las meseras respondió a la pregunta de Henry sobre Adele:

—Fue a hacer algún mandado, supongo. Quizá se esté peleando de nuevo con el carbonero.

Henry rió ante el comentario:

—Al menos se preocupa por mi economía.

Fue entonces cuando la puerta de la taberna se abrió de súbito y la tal Adele entró apresuradamente seguida de una ráfaga del helado viento de enero. Con destreza, Adele cerró la puerta de una patada. Entonces se abrió el chal: anidado incómodamente en la curva de su brazo estaba un gato de lo más desagradable.

—¡Adivinen a quién me encontré escabulléndose por el callejón! Qué suerte, ¿no? —dijo Adele alegremente, y acunando al gato entre los brazos, agregó como si lo arrullara:

—Éste es Oliver. Lo bauticé así en honor al señor Dickens —y alzó al gato para que todos pudieran observarlo.

Skilley lo miraba alarmado. La preocupación se convirtió en terror cuando sus ojos se encontraron con los ojos sin fondo del perturbador Pinch.

"¿Pinch… Oliver?", pensó.

Bueno, pues he aquí un giro desafortunado. La mente de Skilley retumbaba con un alud de pensamientos: "¿Cómo mantendré viva la farsa de la caza de ratones?, ¿cómo proteger a los ratones de este gato sanguinario? y ¿cómo evitar que Pinch se entere de la presencia del cuervo?" Skilley sabía que Pinch detestaba las deudas pendientes: cualquier atisbo del cuervo en la taberna despertaría los peores instintos de ese gato asesino.

Pinch también lanzó a Skilley una mirada de desdén. Saltó de entre los brazos de Adele y cayó sobre el suelo con delicadeza y gracia, los músculos tensos bajo su pelaje color jengibre.

"Debo advertirle a Pip", pensó Skilley.

Como si se tratara de un encuentro cotidiano, dio la espalda a Pinch y se dirigió a las escaleras. Su lánguida cola de punta retorcida no mostraba rastro alguno de su verdadera aflicción. Sólo el nervioso tirón de su pata frontal derecha, al alzarla para subir el primer escalón, lo habría traicionado, si Pinch fuera el tipo de gato que reparaba en esas cosas.

Pero Pinch no se entretenía con ese tipo de sutilezas. Él vivía para hacer tres cosas: perseguir, atrapar… y devorar. En El Viejo Queso Cheshire había encontrado un perfecto coto de caza… a menos que Skilley actuara pronto.

VII

—No lo entiendes —dijo Skilley—. Debes advertirle cuanto antes a tus amigos: este gato es un asesino.

—Te creo —respondió Pip.

—¡Entonces llámalos a todos! —agregó Skilley entre dientes.

—Volver a usar la señal tan pronto podría atraer la atención de los humanos —dijo Pip mientras caminaba de un lado a otro con las patas delanteras tras la espalda. Diez pasos y vuelta, diez pasos y vuelta…

—No hay tiempo qué perder —insistió Skilley.

—Sí, sí. Lo entiendo. Pero ya antes hemos vencido a otros gatos, ¿sabes? Tenemos un reto aún mayor ante nosotros.

—¿Un reto ma…

—Maldwyn. Tenemos que encontrar una forma de regresarlo. ¡Vaya quisicosa!

—¿Vaya qué?

—¿*Mmm*? Ah, sí. Mil perdones: una quisicosa es un acertijo irresoluble. Pero, no temas, yo lo resolveré. Entonces regresaremos a Maldwyn a su sitio en la Torre o…

—¡Olvida la endiablada Torre por un momento! Maldwyn está a salvo en la buhardilla, fuera de la vista y fuera de alcance. Ustedes los ratones, sin embargo, enfrentan un peligro más allá de sus más desaforados miedos.

—Te aseguro que podemos hacernos cargo de este… este gato —confirmó Pip al tanto que detenía su paseo y sacudía las patas delanteras como para liberarse de una flatulencia.

—No —aseveró Skilley con voz lúgubre—. De este gato no.

Pip se tensó y retorció la nariz. Finalmente se lanzó por el agujero más cercano y desapareció.

Skilley se dio la vuelta.

—Hola, Pinch —dijo tranquilo.

—¿Con quién hablabas?—preguntó Pinch estirando el cuello para asomarse por encima de Skilley.

—¿Hablar? No seas ridículo. Estaba haciendo números.

—¿Números?

—Trataba de calcular cuántos ratones hay para compartir entre los dos.

—¡Ja! ¿Piensas que vine aquí a compartir?

—Por supuesto que no —respondió Skilley con sedosa ironía—. Viniste para atrapar tú solo a más de diez mil ratones,

¿cierto? Creo, amigo mío, que te estás tomando demasiado en serio tu propia reputación.

—¿Dudas de mi pasión por los ratones? —preguntó Pinch con aspereza.

—No más que de la mía —dijo Skilley desviando la mirada.

Pinch resopló:

—¡Ja! Bueno, ¡la habilidad es enteramente otra cosa! ¿Quién fue el que se despachó hasta el último ratón en el Teatro Drury Lane?

—Eran bebés, Pinch. No costaba ningún trabajo atraparlos.

—Y sí que eran tiernos bocados —recordó Pinch relamiéndose los bigotes.

Skilley trató de cambiar el rumbo de la conversación.

—Y… ¿qué opinas del tabernero?

—¿De ese borracho con cara de tocino? Tonto como nadie.

—Pues ese tonto nos va a echar fuera si no trabajamos juntos. Entre los dos podemos…

—¿Entre los dos? —el veneno en la voz de Pinch emponzoñó el aire.

—Pinch, ni siquiera tú puedes cazar diez mil ratones solo.

El otro gato se sentó. Aunque sus ojos verde botella aún lanzaban amenazas, asintió:

—Pues entonces, haz lo que quieras. Ya te escabulliste en mi territorio, así que ahora sólo asegúrate de mantenerte alejado de mí.

—No hay problema. Este sitio está lleno de ratones y fogones cálidos. Pero debo advertirte algo: los roedores aquí son astutos. Pueden pasar días sin que veas ni un bigote. Y la nariz no te servirá de nada. Su olor se encuentra por doquier.

Luego de pensarlo un segundo agregó:

—Donde mejor me ha ido es en la cocina.

Pinch asintió:

—Entonces, por ahí comenzaré.

Y con esto, el irritable gato se marchó.

Skilley lo miró hasta que desapareció por las escaleras.

—Ya veo a qué te refieres —susurró una voz desde una rendija en la pared.

—¿A dónde vamos?

—A un lugar en donde ese pernicioso amigo tuyo no nos buscará —respondió Pip.

—¡Pinch no es mi amigo! Conozco su afición por la violencia. Pip, lo he visto arrancar las entrañas… —dijo Skilley lamentando en seguida sus insensibles palabras—. No quiero que pienses que soy igual a Pinch. Me… me le enfrenté cuando tuve oportunidad de hacerlo.

Pip asintió:

—Estoy seguro de que sí. ¿Entonces Pinch es un antiguo némesis?

—Nem… De verdad, Pip. ¡Ya deja de usar esas palabras!

—Enemigo —sonrió el ratón.

—¿Entonces por qué no dices enemigo? Nos tenemos que apartar de este rellano, o sin duda nos encontrará mi neme… neme… Pinch.

—Muy bien, y cuando estemos a salvo te contaré un par de historias… con palabras sencillas.

Pip se puso en cuatro patas y se escabulló hasta el siguiente rellano, donde estaba el ático. En cuanto Skilley le dio alcance, el ratón salió disparado de nuevo hasta el rellano de la buhardilla, pasando por la puerta cerrada de Maldwyn. Ante ellos había una escalera de hierro atornillada a la pared. Conducía hacia una ventana con bisagras.

Pip subió y salió en menos de lo que dura un pestañeo.

Para un gato, ascender aquella escalera representaba una labor más difícil. Baste decir que Skilley llegó a la cima agotado y de mal humor. Enterró las garras en la suave y podrida madera de la ventana y siguió al ratón por el techo del Viejo Queso Cheshire. Era de noche y todo se veía glorioso.

—Bienvenido a mi santuario. Es decir… a mi guarida.

Como hechizado, Skilley observaba la ciudad. Las luces de Londres lo embrujaban como nada que hubiera visto hasta entonces. "Esto", pensó sin esperárselo, "es como lo que describió Maldwyn: una visión del mundo a través de la mirada de un ave". El hechizo se completó cuando sus propios ojos contem-

plaron el brillante listón plateado que la luna dibujaba sobre el Támesis de lento fluir.

—¿Cómo encontraste este lugar? —le susurró a Pip sin desviar la mirada de la prodigiosa vista.

—Gracias a Nell, desde luego. Ella me traía aquí cuando necesitábamos estar solos. La extraño tanto.

—¿Nell? —preguntó Skilley, pues había escuchado a Maldwyn mencionar ese nombre.

—La hija del tabernero. Ella me salvó la vida el día que mi familia fue cruelmente masacrada por un cuchillo de carnicero...

Pip se lamió la pata. Luego se dio cuenta de lo que estaba haciendo, y de inmediato la guardó debajo del brazo:

—En fin. Fue Nell quien me enseñó a leer.

—¿A qué? —preguntó Skilley, aunque no dejó de registrar en su cerebro la información sobre el cuchillo; a su entender, los cuchillos de carnicero nunca actuaban solos.

—A leer. Nell me enseñó a leer —dijo Pip, dejando escapar un gemidillo de placer cada vez que pronunciaba el nombre de la muchacha.

Skilley lo miró sin entender.

—Ah, sí, claro. Tú no sabes nada sobre la lectura. ¿Por qué habrías de saberlo? Y ¿cómo puedo explicarte algo que ni yo mismo comprendo del todo? —se preguntó Pip rascándose la oreja.

—Déjame pensar... ¡Ah, sí! ¿Recuerdas el periódico? ¿Aquel sobre el que estaba parado justo antes de correr a buscar a Maldwyn? Verás, esas líneas y esas marcas y puntos en el papel son la forma silenciosa que tienen los humanos de comunicarse. Si te fijas, verás que está por todas partes. En papel, sobre las puertas, en las ventanas...

En un remolino de recuerdos, los letreros y volantes estrujados que Skilley había ignorado cada día de su vida comenzaron a cobrar significado

—Pero ¿cómo fue que tú...?

—Ya te lo dije. Nell —repitió Pip—. Ocurrió de forma por demás fortuita. Perdona, lo que quiero decir es que ocurrió por accidente. Ella estaba en su cama leyendo un libro. Se trataba de uno del señor Dickens, que con frecuencia viene a la taberna. A Nell le gustaba leer en voz alta y fue así como aprendí muchas de las mejores palabras de los humanos. Incluso recuerdo una ocasión en que con mucha paciencia me explicó el significado de la palabra *ironía*...

—¡*Ejem!*

—Por supuesto. Me estoy adelantando. Nell no aprobaría eso —dijo Pip sentándose sobre sus ancas y dándose un par de golpecitos en la barbilla con la punta de la cola.

—Veamos. Bueno, esa noche comenzó como cualquier otra. Yo estaba felizmente anidado en sus hombros y seguía su dedo mientras ella señalaba las palabras sobre el papel, un extraño hábito que ella tiene. Yo ya me había dado cuenta de que algunas de las marcas sobre el papel eran muy particulares: había una que parecía la cruz del campanario de una iglesia, otra que semejaba el anzuelo que alguna vez vi a Croomes sacar de un bacalao, y otra más que era como la redonda barriga de nuestro Henry.

Pip sonrió ante esa imagen:

—Comencé a aprenderlas, una por una. Y entonces simplemente ocurrió: entendí que cada símbolo tenía su propio sonido y que cuando estaban juntas representaban sonidos más largos. Pero esa tarde todo cambió. Yo seguía la mano de Nell sobre la hoja cuando de pronto, en un momento de cegadora lucidez, supe la palabra sobre la que tenía puesto el dedo.

—¿Cuál era? —interrumpió Skilley, absorto por completo en la historia.

—Pañuelo.

—¿Qué?

—Pañuelo. Es una cosa que usan los humanos…

—Ya sé lo que es un pañuelo. He visto el de Adele. Sigue con la historia.

—Muy bien —dijo Pip con un pequeño resoplido—. Estaba tan sorprendido que corrí por su brazo, lo cual la hizo gritar y tirar el libro. Casi volando, descendí por el cubrecama, me deslicé por la pata de la cama y llegué hasta el ropero. Ahí comencé a correr en círculos alrededor de su pañue…

—¡Brillante! ¿Y lo entendió?

—No en un principio. Pero saltó de la cama y se acercó al ropero. Yo levanté un pedazo del cuadrado de tela y ella soltó un grito: "¡Pañuelo! ¿Es eso lo que tratas de decirme, Pip? ¿Entiendes… las palabras?"

"Moví la cabeza de arriba abajo y ella negó con la suya, incapaz de creerlo. Entonces dijo "listón para el pelo". Pues bien, me eché de un clavado sobre la pequeña caja de porcelana y emergí con un listón para pelo color mostaza entre los dientes. Ella parpadeó de asombro. Después de una pausa, se agachó y murmuró: "Nell", y yo recargué mis patas sobre su mejilla.

"Este tierno momento no duró más que un latido del corazón. Nell se incorporó y me miró, negando con la cabeza. "Pero si yo nunca dije la palabra pañuelo en voz alta" exclamó, "No llegué tan lejos…"

"Retrocedió y sin quitarme los ojos de encima, volvió a agacharse. Sus dedos buscaron el libro por el suelo. Caminó hacia mí con las páginas temblando entre sus manos, y dijo en voz muy baja: "Bien, aquí está la página. Veamos si puedes encontrar la palabra por ti mismo; buen chico".

"Subí al libro abierto, encontré la palabra y le di una pequeña palmada.

—¿Y qué hizo ella? —preguntó Skilley.

—Pues se desvaneció. Como muerta. Fue terrible.

La cabeza de Skilley se enderezó como un relámpago:

—¿Como muerta?

Pip asintió y se limpió una lágrima:

—Ahora ella ya no está. Pero aún la veo, a veces —dijo animándose un poco.

—¿Ah, sí? ¿La ves mucho? —Skilley no sabía bien qué pensar acerca de compartir su hogar con un fantasma, sin importar cuán amable y gentil fuera.

—No tanto como quisiera. Debo decirle lo que he descubierto acerca de Maldwyn.

—¿Todavía hablas con ella?

—Lo intento, bueno, ya conoces a los humanos. Simplemente no escuchan. Ella solía desplegar un periódico y yo señalaba las palabras. Claro que ya no puedo hacer eso ahora que… ya no está. En cualquier caso, eso fue lo que la inspiró a enseñarme a escribir.

—¿A qué?

—A hacer yo mismo esos símbolos —agregó Pip con reverencia—. A eso se le llama escribir.

Un pensamiento muy preciso apareció en la mente de Skilley, se acomodó allí tan claramente como en una hoja de papel:

—¿Es… es eso lo que el señor Dickens ha estado haciendo en esa libreta que tiene?

—Justo eso es. ¡Cómo me encantaría echar un vistazo a esas palabras!

—¿Y por qué no lo haces?

Pip miró a Skilley horrorizado.

—Ay, no sería capaz de espiar el trabajo inconcluso de un artista. Eso sería un pecado imperdonable.

VIII

Para Skilley era evidente que Pinch estaba decidido a conquistar la taberna de la misma forma en que se había apropiado de los callejones de la calle Fleet: con fuerza bruta. Si alguien mostraba algún tipo de amabilidad hacia el gato callejero, éste respondía con su proverbial violencia. Pronto, todos salvo Adele lo eludían.

Como bien sabía Skilley, los anteriores dueños de Pinch le habían inculcado a golpes aquella indiferencia por los sentimientos amables. Su amo era un bellaco muy malhumorado que fue condenado a la horca por el asesinato de un pobre escribano, y ¿todo para qué? Para hacerse de un puñado de chelines y un reloj de plata sin cadena. Pinch observó sin parpadear la ejecución de su amo; las incontables golpizas que le había propinado el hombre que se retorcía al final de la soga habían eliminado sus últimos rastros de piedad. Pinch alguna vez le confesó a Skilley que la ejecución le había parecido un espectáculo muy gratificante.

Con toda razón, Henry sentía un poco de miedo hacia el gato. Sólo una vez trató de acariciar al animal, pero el gruñido que recibió su gesto lo hizo cambiar de opinión y rápidamente retiró la mano con los dedos intactos.

—Bueno —murmuró—. Supongo que si Adele insiste, te conservaremos.

Y Croomes, contra las esperanzas de Skilley, no desterró a Pinch de la taberna. En cambio, se limitaba a vigilarlo muy de cerca cuando entraba a la cocina. Lo más cercano a un comentario sobre el caza-ratones que había escuchado decir a Croomes fueron estas palabras pronunciadas en un susurro: "De tolerables a frágiles. Así están las cosas ahora. Han pasado de tolerables a frágiles". Skilley sabía que no era posible que Croomes considerara frágil a Pinch. Entonces, ¿qué le preocupaba tanto a aquella mujer?

Sólo Adele adoraba al nuevo integrante del personal gatuno. Y por alguna razón Pinch permitía que ella le acariciara el pelo tras las orejas. Se diría que de la noche a la mañana había surgido un puente de entendimiento entre ellos. Quizá esto se debía a su odio compartido por los ratones.

—Que me parta un rayo si no estoy complacida de tenerte aquí, señor Oliver —dijo Adele—. Esos ratones iban a provocarme una apoplejía. No es que el otro gatito no estuviera haciendo bien su trabajo, es sólo que hay demasiados, ¿entiendes?

Por suerte para los pequeños amigos de Skilley, Pinch no había tenido ningún éxito atrapando ratones. Daba la casualidad de que el señor Dickens había desempeñado un papel importante en privar a Pinch de su mejor oportunidad de matar.

Wilkie Collins no se había estado sintiendo bien, de modo que Dickens había pasado varias tardes en la taberna sin su amigo. Una noche en particular, el frustrado escritor se dedicó con devoción a defender su humor sombrío. Adele, Henry y hasta Croomes, en un acuerdo tácito, se habían mantenido alejados. El único momento en que mejoró la actitud de Dickens fue cuando vio al pequeño y dientudo ratón jalar a un roedor incluso más pequeño hasta una rendija en el zócalo. Una vez que el más pequeño estuvo seguro, el primer ratón se asomó y revisó la habitación.

—Ya escondiste a todos los niños caprichosos, ¿verdad? —dijo Dickens en voz baja—. Haces muy bien en cuidarlos. Este nuevo gato no se parece en nada a tu otro amigo.

El ratón inclinó la cabeza y observó al hombre antes de dar un par de pasos al frente. Aquello casi fue su perdición: Pinch se transformó en una centella de color jengibre y atrapó al ratón en un instante más breve que el de un latido del corazón de Dickens. Pero el escritor, a su vez, atrapó al gato un segundo después y le retorció la oreja con tal fuerza que éste soltó un aullido mientras le rasguñaba la mano. Esto permitió al ratón escurrirse hasta la guarida que le ofrecía el zapato del escritor.

Pinch logró soltarse y dejó escapar un espantoso y prolongado gemido.

—¡Largo de aquí! —gritó Dickens—. Búscate otro ratón. Me he encariñado con éste —dijo dando un amenazante paso en dirección al gato, que salió huyendo de la habitación.

Con un solo movimiento el hombre recogió al ratón:

—¿Qué se cree? ¿Que puede hacerme enojar cuando estoy en medio de mi nueva novela?

La mano que condujo a Pip hasta la entrada de su madriguera era fuerte y tibia:

—No te metas en su camino, ¿quieres? Algo sé de historias, mi buen amigo, y ésta puede terminar en desgracia.

Skilley no se mostró contento cuando escuchó lo que le contó Pip. Sabía que un Pinch frustrado era un Pinch peligroso. Últimamente, su mal humor sólo podía distinguirse de su humor natural gracias al colérico espasmo de su ojo izquierdo.

Cuando Skilley vio a Pinch la noche del tercer día, no pudo evitar preguntarle:

—¿Has tenido suerte?

—Ocúpate de tus asuntos.

El gato color jengibre se marchó para continuar con su infructuosa cacería.

Skilley estaba exhausto. A pesar del calor de la chimenea y de las generosas cantidades de queso que le prodigaban los agradecidos ratones, aquella constante simulación lo estaba agotando. No podría sostenerla por mucho más tiempo. Acababa de cerrar los ojos para tomar una rápida siesta cuando oyó chillidos. Varios ratones jóvenes se lanzaban alegres por una tubería. ¡A plena vista! Skilley tendría que hablar con Pip. Fue a buscar al ratón en los lugares de siempre. Cerca del rellano del piso superior escuchó los inconfundibles sonidos de un correteo.

Otra vez, los ratones estaban fuera de casa en pleno día. ¿No se los había advertido Pip? Skilley ascendió los últimos escalones. Los periódicos de los últimos días seguían regados por el suelo. La luz del sol se colaba por las rendijas entre los maderos que tapiaban la ventana, iluminando los papeles con un fogoso color entre anaranjado y dorado.

—¡Pip! —llamó Skilley tan fuerte como se atrevió a hacerlo—. ¿Eres tú?

No lo sorprendió escuchar un tosido desde el rincón. Otro ratón. ¡Ah! Recordó que se trataba del viejito arrugado que tenía un cerillo por bastón. El viejo Bodkin, ¿no?

—¿Has visto a Pip? —preguntó Skilley.

El viejo ratón parecía avergonzado, como si lo hubieran sorprendido haciendo algo indebido.

—Bueno, eh... ¿A quién? ¿A Pip? No, no tengo la menor idea. ¿Pip qué? —dijo mientras retrocedía fuera del periódico y balanceaba su bastón en forma de un nervioso arco—. Pip no está aquí. ¿Por qué habría de estarlo? Aquí no hay nada ni para él ni para mí, ni para ninguno de nosotros. Quizá debamos marcharnos.

Los ojos de Skilley se entrecerraron con suspicacia:

—¿Qué has estado haciendo?

—¿Haciendo? Nada. Además, yo no sé leer. No como Pip. No soy tan listo como Pip. En absoluto. Por más que trato, simplemente no lo consigo… —dijo el anciano levantando las manos y dejándolas caer con resignación—. Si has de saberlo, estaba tratando de descifrar las noticias, pero no soy más que un viejo tonto por pensar que…

Skilley entornó los ojos hacia el cielo; otra vez esta cuestión de la lectura. Jamás conseguiría entender a los ratones.

—Por cierto —preguntó Bodkin—, ¿qué quieres con Pip?

—Sólo asegurarme de que haya advertido a todos los familiares y amigos que deben mantenerse escondidos. Permítame recordarle que el otro gato sí come ratones.

—Sí, sí. Nos han avisado.

—No vi que la llama de gas titilara.

—Ah. Tenemos otras formas de transmitir noticias. Formas aún más antiguas que la llama de gas.

Bodkin ponía poca atención a Skilley; estaba concentrado en el acto de doblar con su cerillo un borde del papel, examinando primero un lado y luego el otro.

—¿Cómo cuáles? —preguntó levantando con curiosidad su felina cabeza.

—De ratón en ratón, por supuesto —respondió Bodkin dejando caer el papel con una mirada muy seria—. Aunque debo decir que estoy un poco preocupado. Algunos de los más jóvenes no entienden que están en peligro.

—Y tú sí, ¿no? —preguntó Skilley—. Eso explica el que estés aquí sin esconderte. ¿Qué hubiera pasado si yo hubiera sido Pinch?

—Ay, por favor. No soy más que un viejo ratón. ¿Qué puede querer tu amigo conmigo?

—Tus huesos, para mondarse los dientes. Y no le importará que sean viejos y quebradizos. ¿Está claro?

Bodkin, regañado, jugueteó con su barba:

—Eh, sí, muy claro. ¿Cómo puedo ayudar?

—Sólo hazme el favor de advertirle a los más jóvenes, por el medio que quieras.

—Muy bien. Estoy a tus órdenes.

Y con eso Bodkin se marchó hacia el agujero en la pared, murmurando para sus adentros.

—¿Diez mil ratones temiéndole a un gato? Lo que necesitamos es solidaridad. Yo encabezaría la ofensiva…

Sus últimas palabras se perdieron entre los paneles de yeso y los tablones de madera.

—¡No es justo! ¡Yo toqué la base!

—¡Deténganse en este instante! —ordenó Pip a los pequeños que correteaban por entre las repisas del sótano, jugando a la roña—. Deben mantenerse escondidos. Es peligroso andar por ahí.

Los pequeños sólo rieron.

—Es sólo otro gato —canturreó uno.

—¡Como Skilley! —intervino otro.

—¡No! ¡En absoluto como Skilley! ¡¿Qué no entienden?!

El encuentro de Pip con Pinch había bastado para alertar a cada una de sus células ante el peligro en el que se encontraban esas crías. ¿Cómo hacer para que se dieran cuenta?

Agarró la cola más cercana y le dio un tirón. Muy salió disparada de espaldas y cayó de un sentón.

Pip volvió a jalar la cola de Muy.

—¡Ratón malo! —berreó.

—¡Silencio! —gritó Pip—. Y ustedes: ¡tras los muros! ¡Ahora mismo!

Aunque no tenía hijos, Skilley usó la voz de un padre disgustado.

Se desató un frenético corredero y Pip pronto estuvo solo con la ratona que lloraba. Olfateando el aire para detectar el inconfundible y ácido olor de Pinch, Skilley tomó a Muy de la pata y la condujo hasta el agujero más cercano.

—Ya, ya —dijo Skilley con ternura—. Te pido una disculpa, querida Muy, pero debes entender que esto no es un juego…

—¡Pip, ven pronto! —gritó Nudge, uno de los ratones vigía que Pip había designado para observar al gato. Se trataba de un ratón larguirucho y amable cuyo rostro nunca antes había mostrado temor alguno.

—¿Qué pasa?

El corazón de Pip golpeteó, luego dio un salto y casi se detuvo ante el pánico en la cara de Nudge.

—¡Atrapó a Smeech y a Popkin, y creo que también a Brummel! No me hacían caso. Dijeron que no podían soportar estar encerrados más tiempo; se morían de ganas de comer algo dulce. Y ahora…

—Llévame ahí —ordenó Pip.

Sus palabras funcionaron como un balde de agua fría para Nudge, quien se recompuso:

—Sí, señor. En la despensa.

Mucho antes de que llegaran, fueron recibidos por el terror cerca de la despensa. Ratones histéricos corrían de un lado a otro, bloqueando el camino. Pip y Nudge tuvieron que luchar para avanzar, como si nadaran contracorriente en una tubería de agua.

—Perdón, con permiso, disculpen, déjennos pasar.

Las amables palabras de Pip se perdían en la multitud. Finalmente, él se colocó de perfil y logró pasar parte de su cuerpo por el agujero en la pared: un pasadizo que desde tiempos inmemoriales llevaba hacia repisas y más repisas repletas de mermeladas y jaleas y postres azucarados. Pero nada dulce los esperaba esta vez.

Los temores de Pip se vieron justificados:

—Ahí, señor —murmuró Nudge—. Es algo terrible.

Pip contuvo la náusea que amenazaba con abrumarlo y reptó a través de la angosta rendija. Lo que vio lo hizo temblar desde la punta de la nariz hasta la punta de la cola. Smeech y Popkin estaban muertos; y Brummel, moribundo.

Lo que acabó de pararle el corazón fue la imagen de Bodkin corriendo con el bastón en ristre como si fuera una espada. ¿Quién hubiera pensado que alguien tan viejo era capaz de moverse con tal facilidad? Antes de que Pip pudiera llamarlo, el tonto y valiente anciano ya había atacado al gato, apuñalando su garra una y otra vez con el cerillo.

Pinch concentró su sanguinaria atención en aquella débil amenaza.

Pip corrió hacia el viejo ratón:

—¡Bodkin! —gritó.

Se tropezó y cayó paralizado por la violenta imagen que tuvo que presenciar.

—Bodkin —gimoteó.

No podía hacer nada. Después de todo, no era más que un ratón.

Tomó algún tiempo sacarle a Nudge toda la información, pero Skilley lo hizo con paciencia.

La macabra historia emergió del consternado ratón entre nerviosos tragos de té de pata de araña (un remedio popular entre los ratones para aliviar la tensión). El pobre Nudge contó la historia con sobresaltos acompañados de alguna maldición ocasional que soltaba con altisonantes palabras dirigidas a Pinch. A cada nuevo improperio le seguía un trago de té y un pedazo de queso (remedio usado por los ratones para casi cualquier cosa). Cuando Nudge terminó, Skilley sintió que se le erizaban los pelos del lomo. Tenía una pregunta:

—¿Y que pasó con Pip? ¿Está…?

Nudge le dio un trago al té, comió un poco de queso y negó vigorosamente con la cabeza. Pip no estaba herido; la última vez que lo vio se dirigía hacia…

Pero Skilley ya estaba en camino.

CH. Dickens

¡Masacre y caos en El Queso!

Volvía de una de mis energizantes caminatas cuando me encontré con que Adele había traído otro caza-ratones.

Todavía llevo las cicatrices de mi propio encuentro con ese bravucón. A diferencia del otro gato al que le he tomado cariño, éste parece ser un perfecto rufián. Adele ha pasado el último cuarto de hora trapeando los horripilantes restos de su primera cacería. Bastante sucio para ser un gato.

Me recuerda a mi propio Bill Sykes. Todavía me estremezco al recordar el acto de poner sus despiadadas acciones en papel. ¿Cómo pude permitirle que asesinara a la pobre Nancy de manera tan brutal?

Bueno, un escritor no debe nunca rehuir un buen asesinato literario. Debe ser despiadado. Si la historia lo requiere, debe colgar al antagonista, ahogar a la heroína e internar en un manicomio a la sufrida esposa del párroco. ¡Y al demonio con los críticos!

Pero dilapido mi tiempo cuando debería estar escribiendo la primera entrega de mi siguiente serie. Mi Sydney Carton debe enfrentar la guillotina. Esta historia de dos ciudades podría ser mi mejor relato hasta ahora, pero todavía necesito una buena frase para comenzar.

Espero lo mejor, pero temo lo peor.

IX

En cuestión de instantes, Skilley se encontraba en el techo del Viejo Queso Cheshire.

Ah, Londres. El aire cargado de hollín, motivo de las quejas de casi toda la ciudad, era como un elixir para el gato callejero. Respiró hondo varias veces antes de que sus ojos se posaran sobre la tenue luz del Támesis. Esta noche el reflejo de la luna sobre el agua le recordó la leche cortada.

Recordó a Pip y buscó por todo el techo. Encontró a su amigo acurrucado, temblando contra la vieja chimenea de ladrillos. A Skilley no le sorprendió que el ratón temblara con tanta violencia. El viento era frío, cierto, pero la pérdida de varios ratones jóvenes y la de Bodkin, lo hacían todo más frío aún.

—¡Pip!

El ratón se volvió hacia él sin expresión alguna en el rostro.

Al ver a Skilley su gesto inmediato fue de alivio. Skilley, que carecía de la facilidad de palabra de Pip, no sabía qué decirle. Caminó hacia él, con el mayor cuidado y prendió al ratón con la boca. Esto hacía que hablar fuera maravillosamente complicado. Ya no era extraño para Pip viajar en la boca del gato, y lo aceptó sin protestar.

Skilley lo llevó hasta el otro lado de la chimenea, lejos del viento. Con mucha delicadeza, lo soltó:

—Nos quedaremos aquí un momento. Te puedo calentar entre mis patas, si quieres —sugirió Skilley.

No hubiera culpado a Pip por declinar la oferta. "En su lugar", pensó Skilley, "hoy no me sentiría muy amigo de ningún gato".

Pip lo sorprendió:

—Acepto tu oferta, y gracias. Admito que tengo un poco de frío, así que es propicio que pases por aquí justo ahora —dijo Pip temblando de nuevo.

—¿Propi…? No importa.

—Qué suerte —dijo Pip con una endeble sonrisa.

Skilley caminó una vez en redondo y se acostó sobre la fría cantera que rodeaba la chimenea. Acomodó las patas traseras y extendió las delanteras. A Pip le pareció que se trataba de la Esfinge de Egipto, una misteriosa estatua que había visto en uno de los libros de Nell.

—En verdad eres un enigma… un verdadero acertijo de gato.

—¿Vas a venir o no? Desde aquí puedo oír que tus dientes castañetean. Y usa sólo palabras que pueda entender un gato callejero, ¿quieres? —dijo Skilley de buen talante.

Pip se aproximó hacia las patas delanteras del gato. Skilley las acercó a su cuerpo y envolvió al ratón en un tibio círculo de pelo. Después de algunos ajustes en aras del confort, los dos se quedaron quietos y suspiraron. Había sido un día imperdonablemente largo.

—Lamento… lamento lo de tus amigos —murmuró Skilley, y agregó—: ¿Ahora comprendes por qué Pinch es un problema más importante que llevar a Maldwyn a la Torre?

—*Mmm.* Ciertamente es muy rapaz, eso lo admito.

Aquella segunda referencia a la tragedia del día desató en el ratón un nuevo ataque de limpieza.

Pip se lamió la pata…

se rascó la oreja…

se lamió la pata…

se cepilló los bigotes.

Skilley lo miró sin comentar nada.

Cuando Pip se tomó una pausa, Skilley dijo con suavidad:

—Lamento no haber estado ahí.

Pip dio otro rápido lengüetazo a su pata y se contuvo antes de rascarse la nariz.

—No, pero en cualquier caso, aunque hubiera alcanzado a Bodkin a tiempo, ¿qué podría haber hecho? Ése es el problema de ser un ratón. Uno no tiene el tamaño de sus enemigos, ¿comprendes? Si un amigo está en peligro mortal…

Se detuvo. Respiró profundamente y volvió a su ritual.

Se lamió la pata…

se tocó la barriga…

—¡Basta! —gritó Skilley, asustando a Pip—. Por favor, sé que te sientes fatal, pero tienes razón: no había nada que pudieras hacer. Eres pequeño… pero no estás solo.

Skilley luchó contra el remordimiento que sentía por no seguir más de cerca a Pinch.

—Tú tampoco —agregó Pip.

—Ah, pues, gracias, Pip —dijo Skilley—. Claro.

Dicho esto, Pip se acurrucó bajo el mentón de Skilley.

El día, que los había dejado agotados y fatigados, les pasó la factura; el gato acercó las patas para anidar mejor al ratón. Pronto, ambos dormían plácida y profundamente bajo la creciente luna inglesa.

Y así estaban cuando Pinch los encontró.

—Mira nada más. ¿Qué tenemos aquí? —supuró Pinch con una voz tan pegajosamente dulce como la miel.

Se acercó a centímetros de la nariz de Skilley y sus ojos se fijaron en Pip, que estaba dormido entre las patas de su amigo, feliz e ignorante de la amenaza.

—Éste es mío —siseó Skilley, agradecido por la repentina inspiración.

Momentos antes había despertado del profundo sueño con una sensación de helado terror. El ácido olor de Pinch le había dado suficiente tiempo para reaccionar.

Pinch se acercó, pero la figura inerte de Pip lo hizo retroceder:

—¡*Puaj*! ¡Está muerto! ¿Qué clase de gato eres?

—A... así me gustan —respondió Skilley con los nervios alerta.

Quizá ustedes puedan dormir cuando dos gatos discuten por encima de sus cabezas, pero Pip no. Y como no podía, despertó sólo para encontrarse directamente ante un par de enormes ojos verdes.

—Creí oírte decir que estaba muerto.

Pip estaba electrificado por la sospecha de Pinch.

Sin detenerse a pensarlo, Skilley cedió el paso a sus instintos. Dio a Pip un golpe tan brutal y con tal fuerza, que el pequeño ratón voló por el techo.

—¡Pues ahora lo está! —gruñó Skilley.

Durante un instante nadie se movió.

Pinch miraba a Skilley con un gesto ilegible.

Skilley miró a Pip, que a su vez lo miraba con una mezcla de terror y confusión.

Para su alivio, Pip corrió en cuatro patas hacia la ventana abierta.

—¿Qué fue eso? ¡Me gustaría saber! —exigió Pinch.

Pero estaba hablando solo. Skilley se había marchado.

Pip tenía la ventaja de conocer cada rendija, grieta y escondite de la vieja taberna. Nadie lo hallaría hasta que estuviese listo, y así lo quería él. Eso estaba claro. Skilley había interrogado a varios ratones, pero sin éxito. Fue Muy quien le demostró que era inútil buscar a su antiguo amigo.

Skilley se topó con la diminuta ratona en el rellano de la buhardilla, donde ella jugueteaba feliz con una gran semilla de limón.

—No deberías estar aquí afuera —dijo Skilley enojado.

—¿Skilley tirará de la cola de Muy? —preguntó ella con la voz cargada de recriminaciones.

Luego su expresión cambió a la de una exagerada severidad:

—¿Qué hizo Skilley para entristecer a Pip? No, no. Muy no te dirá dónde está. Pip está ocupado —y siguió jugando con su semilla de limón, arrullándola como a un bebé—. Ya, ya, no llores.

—Pero necesito encontrarlo. Pasó algo y no sé qué hacer.

—¿Por qué no le preguntas a ése? —dijo señalando sobre su hombro la puerta del escondite de Maldwyn—. Él lo sabe todo.

Skilley miró fijamente la puerta que colgaba de las bisagras. Sólo un ligero empujón con la nariz lo separaba de la temible ave. ¿Se atrevería? Azotó la cola y levantó el pecho:

—Muy bien. Le preguntaré a Maldwyn.

Pero el valor comenzó a faltarle tan pronto atravesó la puerta con dirección al ático.

—¿Tú? —dijo el viejo pájaro mirándolo por encima de su pico acerado. Su mirada era inescrutable: no había manera de saber qué había detrás de ella.

—Por favor, señor... —dudó Skilley, y luego se aventuró—: Necesito su consejo.

—¿Mi consejo, dices? Qué considerado de un gato pedir el consejo de un cuervo.

Ante esa respuesta Skilley estuvo a punto de darse la vuelta.

—Bueno, es que tengo un...

—Sí, sí, tienes un problema, por supuesto que lo tienes. Y has venido a mí porque has oído que soy... ¿cómo decirlo?

—¿Sabio? —ofreció Skilley esperando que un poco de adulación ablandara a la vieja ave.

—Un ser capaz de ver a través de la falsedad. Eso sería más exacto. Las mentiras que uno se dice a sí mismo son las peores, por supuesto. No, no, no —negó con un movimiento de su ala—, no digas nada. Puedo adivinar: ya te volviste en contra del joven, Pip, ¿cierto?

Skilley se petrificó:

—¿Él se lo dijo?

—No seas absurdo. Te quiere demasiado como para hacer eso; aunque, si consideramos los recientes acontecimientos,

¿quién sabe? Pero bueno, Pip es uno de esos pensadores radicales que creen que toda criatura… —contestó el cuervo seguido de una pausa en la que miró a Skilley con un ojo parecido a una canica—: hasta un gato puede rehabilitarse. Pero, para responder a tu pregunta: no, Pip no me ha hablado de los problemas que hay entre ustedes.

—Entonces, ¿cómo supo usted…?

—Eres un gato.

Skilley no se disculpó. ¿Puede alguien disculparse por ser lo que es? La visita comenzaba a parecerle una mala idea. Con todo y su entrecana sabiduría, el odio del cuervo a los felinos lo convertía en un mal confidente.

—Sí, soy un gato y evidentemente no soy bienvenido aquí —replicó Skilley y se dio la vuelta para marcharse.

—Y Pip es un ratón —agregó el cuervo—. ¿Qué creías que pasaría? Los gatos y los ratones son eternos enemigos.

Skilley se viró y miró al cuervo con enojo.

—¿Los gatos y los ratones? ¿Y qué hay de un gato y un ratón en particular? Yo opino que pueden ser amigos, si así lo desean.

—Fuiste tú el que traicionó a tu supuesto amigo —retobó el cuervo—, no yo.

—Trataba de protegerlo.

En el momento en que las palabras salieron de su boca, Skilley supo que eran una mentira. Y la manera en la que Maldwyn ladeó la cabeza era prueba de que también él lo sabía.

—Lo que quiero decir —continuó Skilley— es que no pensaba comérmelo. Sólo estaba aparentando… —comenzó a decir en un intento por encontrar las palabras justas.

Skilley recordó todo lo ocurrido aquella noche, en especial lo que había pensado cuando Pinch los sorprendió en el techo. Sin guardarse nada, le contó al cuervo lo que había ocurrido.

Entonces, esperó. La respuesta del cuervo no tardaría mucho.

—Como he dicho ya —observó Maldwyn—, eres un gato, un gato callejero; perteneces a una subespecie infernal y conozco a los de tu calaña. Mírame —ordenó levantando un ala tullida, rota y mal sanada.

Maldwyn se pavoneó y dio tumbos hacia adelante, acercándose a Skilley. Aproximó el pico a la cara del gato y dijo:

—Hizo falta una pandilla de tus cobardes amigos para hacerme esto. Conozco a los de tu calaña.

—Ésos no eran amigos míos.

—Quizá tú no eras parte de esa chusma salvaje. Sin embargo… —dijo Maldwyn, seguido de una pausa en la que atravesó con el pico a un escarabajo que se escabullía entre los tablones de madera.

Luego inclinó la cabeza hacia atrás y se tragó al insecto antes de agregar con absoluta naturalidad:

—Sin embargo, cuando te enfrentaste a la posibilidad de que tu secreto fuera descubierto, cediste a tu propia naturaleza, ¿no es así?

Skilley no estaba de humor para sermones.

—¿Así como usted acaba de ceder ante la suya al comerse a ese desafortunado insecto? ¿Qué imagina que sintió él hacia usted en ese instante?

—Ah, pero yo no simulé ser su amigo —anotó el cuervo.

—Yo no simulé nad...

Skilley no pudo terminar la oración. Sentía un profundo dolor, pero le reconfortó la idea de que no le debía ni a Pip ni a Maldwyn explicación alguna. ¿Acaso no había cumplido con su parte del trato? Es más, ¡esos ingratos deberían de agradecerle todo lo que había hecho para protegerlos! Deberían cubrirlo de queso y halagos. En lo que respecta a Pip...

Se trataba, por supuesto, del tipo de tonterías que hasta la persona más sensata se dice a sí misma para consolarse cuando sabe que está completa e incuestionablemente equivocada.

Y aunque Skilley no era una persona, sí que era sensato. Como si se reflejara en un espejo, de pronto comprendió la verdad sobre sí mismo.

—Sí —dijo el cuervo—. Ya veo.

Skilley no dijo una sola palabra. Sólo el chasquido de las patas de Maldwyn al cambiar torpemente de posición rompían el silencio. Por fin, Maldwyn volvió a hablar. Su cabeza se movía de un lado al otro:

—No me digas que te arrepientes de lo que hiciste.

Más silencio.

—Interesante. Sospechoso, pero interesante.

Se escucharon más chasquidos cuando el ave dio un par de saltos bamboleantes para acercarse a Skilley:

—Sin duda pareces un gato callejero. Vaya raspones y cicatrices las que tienes: eso quizá explique por qué te comportaste como un gato callejero.

Cuando Skilley al fin habló, se sentía indescriptiblemente cansado:

—Lo hice para salvar mi pellejo. No quería que Pinch se enterara de mi... mi...

—¿De tu indecorosa pasión por el queso?

—¡No! —gritó Skilley cuando la desesperación de sentirse incomprendido hizo que las palabras salieran volando de su boca—. No quería que Pinch supiera que Pip era mi a...

—¿Sí? Anda, dilo.

—... mi amigo. No era mi intención lastimarlo. Me refiero a Pip.

El cuervo parpadeó varias veces y dijo:

—Lo que más me sorprende es el hecho de que te creo. También creo que, en efecto, lo lastimaste. Y ahora lo lamentas y te preguntas cómo puedes reparar el daño, ¿verdad? Bueno, pues estoy aquí para decirte que no puedes repararlo, así como yo no puedo volar de vuelta a la Torre por mí mismo para ocupar el lugar que me corresponde. Sólo los insectos y los gusanos no tienen memoria de sus pecados pasados. Y sólo los humanos pueden elegir olvidarlos. Nosotros los animales debemos aprender a vivir con nuestras imprudentes decisiones.

¿Acaso detectaba Skilley un cambio en el tono de Maldwyn?

—Lo único que uno puede hacer —el tono del ave sí que se había suavizado— es admitir la verdad.

—La verdad —dijo Skilley— es que nunca debí haber venido al Queso.

La cabeza de Maldwyn se movió bruscamente hacia atrás ante la respuesta del gato. Casqueó el pico:

—¿Y si no lo hubieras hecho y sólo contáramos con la amable compañía de Pinch? Conozco de cerca su brutalidad. Fue él quien me sacó el ojo. Tú eres un gato, pero ése... ése es un desalmado.

—Un gato es un gato —respondió Skilley.

Maldwyn se quedó callado un largo rato, absorto en sus pensamientos. Cuando volvió a hablar, la dureza que expresaba su ojo sano parecía haber desaparecido, y su voz resonó áspera:

—¿Y no se puede cambiar la naturaleza? —dijo dándole la espalda como si despreciara al humillado gato.

Ahora Skilley estaba verdaderamente malhumorado.

—No sé por qué acudí a usted.

Todavía de espaldas, Maldwyn respondió:

—Sabías antes de entrar a esta habitación que no recibirías palabras benévolas de mi parte. Por lo tanto, debes de haber venido en busca de la verdad.

Maldwyn se recompuso y se irguió. Skilley fue otra vez testigo de la majestuosidad del cuervo de la Torre. Incluso de espaldas, su figura era imponente.

—¿Quieres la verdad, señor Skilley? Entonces averigua qué clase de gato eres, y sé ese gato de forma descarada, atrevida y sin reparos.

El ave se encogió hasta retomar su tamaño habitual, lo cual lo hacía lucir viejo e increíblemente frágil.

—Ahora ten la amabilidad de retirarte. Me has agotado.

X

Febrero, el mes más corto del año, sorprendió a todo Londres con una calidez inesperada. Una tibieza primaveral hizo que los habitantes de la ciudad dejaran sus abrigos y bufandas y salieran a explorar las calles en busca de aventuras.

Pero esa calidez no alcanzó al Viejo Queso Cheshire: Pinch se volvió más hosco a medida que los ratones lo evitaban mostrando una mayor precaución. De manera por demás absurda, Pinch acusó a Skilley de atrapar a hurtadillas a todos los ratones.

—No me culpes a mí —respondió Skilley—. Te temen demasiado como para asomarse. Quizá sea momento de que regreses a hacer algún trabajo más sencillo... ¿en el muelle, quizás? Ahí hay cantidad de cabezas de pescado para un cazador tan hábil como tú.

—¿Que me vaya del Queso? No, si puedo evitarlo. Aunque ya estoy harto de las sobras del comedor. No sé si pueda soportar otro plato de puré de papas con col. Quizá hoy mismo me robe un poco de bacalao cuando la cocinera termine su turno.

—En tu lugar, me mantendría alejado de ella —le advirtió Skilley—. Usará tus tripas como tirantes si te atrapa robando en su cocina.

Croomes, por su parte, era una tempestad que rompía más temprano y soplaba cada día con más fuerza. Despotricaba y se quejaba de la mengua en sus provisiones de queso:

—¡Es más que el déficit habitual! —gritaba.

Pero cuando Henry le pedía una explicación, la cocinera era incapaz de hallar alguna. ¿Cómo podía ella saber que, además de a los ratones de la taberna, alimentaba también, noche tras noche, a un gato de buen tamaño?

El pobre de Henry sufría con dolorosa resignación las diatribas de Croomes. ¿Y Adele? Si Pinch tuviera la habilidad de la chica para descubrir ratones, sin duda habría cenado siempre grandes manjares. Pero, vistas las circunstancias, Adele no podía sino dudar de su propia cordura.

—¿Por qué nadie más los ve? —se lamentaba.

En lo que respecta a Skilley, no se había topado con Pip desde el incidente en el techo. Una mañana lo vio subir por una de las tuberías; su cola parecía estar manchada de negro. Lo llamó, pero Pip se había marchado ya.

Inquieto y sin perdón, a Skilley le dio por visitar a Maldwyn, aunque las visitas rara vez eran agradables. De hecho, casi siempre eran todo lo contrario, pero a pesar de ello Skilley se fue encariñando con el viejo cascarrabias. Maldwyn lo obligaba a usar la cabeza, y aunque con frecuencia esa actividad lo dejaba exhausto, sus conversaciones lo hacían sentirse alerta, hasta electrizado, durante horas.

—Quizá deba hablar con Pip —le dijo a Maldwyn una tarde lluviosa.

—Si crees que eso ayudará…

—¿Usted qué opina?

—Opino que me gustaría otro trocito de azúcar.

El viejo cuervo se acomodó sobre un montón de paños y paja, con los ojos cerrados, mientras su pico se abría y se cerraba con cada asmática bocanada de aire.

—Le conseguiré uno —respondió Skilley.

—Si crees que eso ayudará…

—¿No es eso lo que quiere?

—¿Acaso importa lo que yo quiera?

Skilley meneó la cabeza para disipar la confusión.

—¡Basta ya! ¿Qué opina de lo de Pip?

—Opino que él se puede conseguir su propio trozo de azúcar.

—No estoy hablando de eso.

—Pero es la respuesta correcta —dijo el ave escondiendo el pico bajo su ala.

—Usted no entiende.

Pero era inútil. La posición de Maldwyn era como una puerta cerrada.

—Muy bien. Hablaré con Pip.

Maldwyn hizo un esfuerzo aun mayor por ignorar al gato.

—Lo haré. Ya verá usted si no —declaró Skilley.

El cuervo suspiró y habló por debajo de su ala:

—Lo que me gustaría ver... Lo que me encantaría ver... Lo que muero por ver, es cómo me vas a regresar a la Torre.

En el comedor, Skilley se topó con un Pinch totalmente despeinado: su pelaje apelmazado y la cola enmarañada apestaban a poro y ajo, y una hoja de berro colgaba entre sus ojos. Tenía una plasta de harina pegada a uno de sus costados.

—¿Y a ti qué te pasó? —preguntó Skilley, conteniendo una risotada.

Pinch sólo gruño y farfulló:

—Croomes —dijo con tal rencor que Skilley se estremeció.

El gato desapareció tras una cortina, quizá para limpiarse.

—Será mejor que no entres a la cocina —le advirtió Adele—. La cocinera está de un mal humor... Le lanzó una bola de masa a mi Oliver. Y te lo advierto, tiene muy bien tino. Pero ¿puedes creer que acusó al gato de robarse el queso? —preguntó con un tono de burla—: Como si los gatos comieran queso.

Skilley se encogió un poco, salió de la habitación y corrió hacia la bodega.

—*Psst*, Pip —susurró el gato con poca esperanza a través de uno de los muchos agujeros en las paredes de mampostería—, ¿estás ahí?

—Está en el ático —se escuchó en la voz de Muy.

Lo primero en asomarse fueron sus bigotes como plumas, seguidos por sus orejas aterciopeladas. Muy le explicó a Skilley que Pip estaba practicando sus lepras.

—¿Lepras? —preguntó Skilley levantando una ceja.

—Así las llama: lepras. Así que eso es lo que son —dijo Muy—: sus lepras.

Skilley se acercó a las escaleras.

—Pero dijo claramente que no quiere ser molestado.

—¡Ah, bueno! Pues no lo voy a m...

Muy dejó escapar un chillido y, sin que se lo ordenaran, volvió a esconderse en el agujero.

Al volverse, Skilley entendió el motivo: ¡era Pinch!

Una hoja de periódico se había pegado a la plasta de masa a medio secar en el costado de Pinch. El papel mostraba la intervención de las garras de Pinch, pero seguía pegado a la masa y al pelo como si se tratara de una adición permanente a la piel del gato.

Skilley tuvo que sofocar nuevamente la risa mientras el indignado gato se marchaba avergonzado, sin duda tratando de encontrar un lugar privado en donde continuar su inútil limpieza.

Desbaratar las cosas es una actividad que puede realizar incluso alguien que carezca de experiencia, pero arreglarlas es un arte que requiere años de práctica. Es decir: romper algo es sencillo (hasta un niño puede hacerlo); repararlo es más complicado (a veces, ni los adultos lo consiguen).

Skilley aprendía esta lección de la forma más dolorosa. Había roto un hilo de confianza tan frágil y tan delicado como un filamento de vidrio: un hilo que lo había unido a uno de los únicos dos amigos que había tenido en la vida. Que Maldwyn lo escuchara era mejor que nada.

—Me estoy volviendo loco —dijo Skilley exasperado—. Lo llamo a través de la puerta del ático, pero responde que está muy ocupado. Habla con todos menos conmigo y yo me paso el día hablando solo.

—*Mmm.* Parece que todo el mundo está hablando con la persona equivocada —dijo Maldwyn y siguió afilando su pico contra los ganchos de metal de un viejo corsé.

—Hablaré con él y le diré que lo lamento —dijo Skilley.

—Amenazas con hacer eso desde hace días —replicó el cuervo; volvió a frotar el pico contra el gancho de metal e hizo una pausa—. Pero ¿qué es exactamente lo que lamentas?

—¿Qué? Pues, lamento lo que ocurrió.

—¿Qué fue lo que ocurrió? —preguntó Maldwyn sin interés.

—¿De qué habla? ¡Lo que ocurrió en el techo, desde luego!

—¿En el techo?

—Lo que ocurrió en el techo con Pinch. Ya escuchó mi confesión. Sabe perfectamente a qué me refiero.

Maldwyn continuó con su acercamiento socrático, respondiendo las preguntas con más preguntas:

—Ah, ¿pero sabes qué ocurrió en el techo y por qué? Y lo más importante: por Dios, ¿sabes qué es lo que debes lamentar?

Maldwyn esperó un minuto y después preguntó:

—¿No tienes respuesta?

—¿Y usted no tiene respuesta? Usted, el ruiseñor del pico dorado; usted, que tiene suficientes palabras como para desbordar el Támesis. Usted y Pip... —respondió Skilley, pero la mención de su amigo perdido le quebró la voz.

—Skilley —dijo el cuervo, que nunca lo llamaba por su nombre—. Cuando uno ha lastimado a alguien, la solución más sencilla es ofrecer la tan gastada y ofensiva rama de olivo: *Lo siento*. Quien dice estas palabras a menudo se sorprende si no son recibidas con efusiva gratitud. ¿Puedes imaginar por qué?

Skilley miró a Maldwyn con un gesto de tedio:

—No tengo idea de qué está hablando.

—Muy bien, te lo diré. No es suficiente decir lo siento. Debes aceptar del todo que hiciste algo terrible. No debes adjudicarle culpa alguna a quien lastimaste. En su lugar, debes aceptar cada molécula de responsabilidad, incluso si la razón y el instinto de supervivencia gritan en contra de ella. Entonces, y sólo entonces, las palabras *lo siento* tendrán algún significado.

Esta vez Skilley no pidió permiso para pasar, sino que entró intempestivamente al lugar donde estaba ensimismado el ratón: el espectáculo que encontró borró todo pensamiento de su mente. De pronto Skilley se vio a sí mismo tratando de retener el resbaladizo significado de lo que veía. Así que esto era a lo que se refería Muy cuando le dijo que Pip estaba practicando sus "lepras". Los símbolos que cubrían los diez últimos centímetros de la pared se parecían un poco a esto:

$$c \ d \ l \ b \ n \ x \ p \ G \ R \ y \ u \ w$$

Skilley siguió el rastro de tinta sobre una segunda y una tercera pared: un camino de letras lo llevó hasta Pip quien, concentrado en su tarea, pareció no advertir la presencia de su visitante.

"Eso", pensó Skilley, "o no quiere reconocer que estoy aquí".

—Pip, ¿tienes un momento?

—Estoy tremendamente ocupado en este momento, Skilley.

—Es importante.

—También es importante evitar que estalle la guerra entre Inglaterra y Francia.

Pip sumergió la cola en un dedal y la pasó sobre la pared. Luego dio un paso atrás para apreciar su trabajo, no sin cierta insatisfacción.

—Sí, sí, eso veo —dijo Skilley, aunque en realidad no veía nada.

¿Qué tendría que ver con salvar a Inglaterra aquella tonta obsesión por la escritura? El gato sabiamente se contuvo y cambió de tema:

—Hay algo que me gustaría decir.

—Te escucho —respondió Pip concentrándose en dibujar un nuevo símbolo que a Skilley le parecía muy similar a un par de orejas de gato; era algo como esto:

M

Skilley se preparó antes de soltar la granizada de palabras que llevaba tanto tiempo conteniendo:

—La otra noche, en el techo…

Pip se dio la vuelta para comenzar una letra más.

—¡Espera, Pip! Escúchame.

Skilley comenzó de nuevo:

—La otra noche, en el techo… te traicioné. Me aterrorizaba pensar en lo que pasaría si Pinch se enteraba de nuestra amistad. Me avergoncé, fui egoísta y fui un cobarde. Odio a ese gato, y sin embargo no puedo distanciarme de él. Y si yo siento tal horror y repugnancia por lo que hice, ¿cuánto peor puedes sentirte tú, que confiabas en mí?

Pip dejó de escribir y sus ojos se encontraron con los de Skilley. El gato bajó la mirada y continuó:

—Esa noche aprendí una espantosa verdad: hay cosas que, una vez perdidas, no se pueden recuperar. Ya sea que me perdones o no, prometo que hasta mi último aliento seré el gato que alguna vez pensaste que era. Lo siento, Pip. De verdad lo siento.

Pip le lanzó una pequeñísima sonrisa:

—¡Cuántas palabras para un gato!

XI

Al observar a Pip ante el Consejo roedor, el corazón de Skilley se sentía mucho más ligero que en días previos. Agradeció con humildad que Pip lo hubiera incluido en el encuentro; su amigo sólo se encogió de hombros y sonrió.

El lugar acordado para la reunión fue un mal iluminado rincón de la bodega, y Skilley estaba, como siempre, alerta ante cualquier señal de Pinch. Doxy, un ratón más bien engreído, fue el último en llegar, apestando a queso y limpiándose las manos en la barriga.

—*Ejem* —Toff, uno de los miembros más antiguos del Consejo roedor se aclaró la garganta con impaciencia—. ¿Listos para comenzar, o no?

Pip se lamió la pata...

se tocó la oreja...

Lo que detuvo su nervioso hábito fue una fugaz mirada de Skilley seguida por una ligera negación con la cabeza.

—Sí, sí, sí. Debemos proceder. Los he llamado a todos —asintió Pip con la cabeza en dirección a los ratones y luego a Skilley— para hablar de Maldwyn.

Entre los ratones miembros del Consejo se escucharon murmullos y rezongos: "no otra vez", "hoy no" y "nunca más en tu quesera vida".

Pip ignoró las quejas. De alguna manera debía convencer a sus compañeros de que había que acordar una estrategia de inmediato.

Skilley no tenía paciencia para oír las quejas de los miembros del Consejo:

—Escuchen a Pip —dijo—. Tiene una muy buena idea.

Cuando las toses, los levantamientos de hombros y una sorprendente cantidad de risas por lo bajo se acallaron, Pip continuó:

—Durante un tiempo he estado cavilando sobre qué hacer con nuestro amigo Maldwyn. No puede volar, eso lo sabemos. No puede caminar solo hasta la torre, a menos que nuestra intención sea atraer a todos los bandidos, carteristas y asaltantes de Londres. Gracias a los periódicos de los humanos, la ciudad entera está buscando a Maldwyn, y más de uno aprovecharía la oportunidad para pedir una recompensa por el cuervo de la reina. Tampoco queremos atraer la atención de los agentes de policía.

Nuestros humanos pueden ser inculpados por la presencia del cuervo y me temo que les iría muy mal si los hombres de la reina lo encontraran bajo este techo.

Pip hizo una pausa para tomar aire.

Era todo lo que el Consejo necesitaba escuchar para comenzar:

—Pues entonces sí que estamos en un lío —anunció Doxy en su habitual tono autoritario.

—¡Un berenjenal! —gritó alguien—. ¡Estamos en un berenjenal!

Por entre la asamblea se escucharon varios "sí, claro".

—Sea como sea —continuó Pip gritando por encima del barullo—, hay una solución que no hemos discutido aún. Lo único que necesitamos es papel, tinta y un poco de suerte.

—Y algo de valor —agregó Skilley.

—Y ¿qué tal un poco de mermelada, ya que estamos en ésas? —interrumpió un ratón impertinente llamado Chesterfield.

—¡Y unas avellanas! —ordenó uno más.

—¡Y pan tostado!

—¡Sí! ¡Pan tostado y mermelada!

—¡Y avellanas!

Pip se dio cuenta de que perdía el control del Consejo.

—¡Silencio! —gritó Skilley con la misma voz de mando que alguna vez Pip usara con él—. Silencio, escuchen a Pip. Sabe de lo que habla y tiene un plan que puede funcionar. Él tiene más cerebro que todos ustedes juntos, alcornoques —agregó

Skilley caminando hacia los ratones—. Así que hagan favor, si son tan amables, de escucharlo todos con cortesía.

Los ratones lo miraban nerviosos. La reciente experiencia con Pinch se dibujaba en sus rostros. No había ni un murmullo, ni un cuchicheo, ni un solo bigote en movimiento. Skilley se acomodó a la derecha de Pip y sonrió con dulzura a la paralizada congregación.

—¿Alcornoques? —susurró Pip.

—Continúa —dijo Skilley—, están listos.

No hubo más interrupciones mientras Pip exponía el plan. Terminaba de explicar los últimos pasos cuando la piel bajo su pelo se erizó. Cada ratón en la habitación tenía una sensación similar.

—¡Dispérsense! —gritó Skilley sin que fuera necesario.

Los ratones corrieron por la habitación en todas direcciones, dejando tras de sí pequeños torbellinos de polvo. Unos segundos después apareció Pinch al pie de la escalera:

—Así que es aquí donde has estado cazando solo, ¿eh? —dijo con indiferencia, como si preguntara a Skilley acerca de su digestión—. ¿Y bien? ¿Es así? ¿Es aquí donde se esconden? —preguntó con insistencia mientras se asomaba de agujero en agujero, olfateando y resoplando—. Su olor es más fuerte por aquí.

Skilley se había preparado para un momento como éste:

—¡Sí! ¡Y los asustaste! —lo regañó—. Había suficientes para ambos, pero tú…

—Yo en tu lugar, no usaría ese tono.

—Por fortuna, no estás en mi lugar. Mi tono es sólo mío y lo uso cuando quiera: en Piccadilly Circus, si me place, aunque supongo que los tugurios de St. Giles son más tu tipo.

Pinch, que había estado controlando su legendario mal humor durante días, sacó las garras. Dio un latigazo con la cola, que adoptó la forma de un cepillo de deshollinador. Pegó las orejas a su cabeza y soltó un siseo desde el fondo mismo de la garganta.

Un grave gruñido fue la única advertencia que tuvo Skilley antes de que Pinch se catapultara hacia él. Pero con eso bastó: Skilley lo esquivó hacia la derecha y Pinch rebotó sobre las baldosas y fue a dar, despatarrado, contra la pared más lejana.

—¡Cobarde! —gritó Pinch incorporándose de un salto y lanzándose a la carga.

Skilley lo evadió de nuevo. "¿Cómo es posible?", pensó. "El otro gato no ha atinado un solo golpe." El asombro casi le hace olvidar que se trataba de Pinch. El gato más peligroso de la calle Fleet. Aunque escalofriante, a Skilley esta batalla le resultaba… conocida. "¡Ajá!", pensó. "¡Es justo como esquivar la escoba de la pescadera!"

Skilley se preparó para otro ataque. Pero no lo hubo. Miró a su alrededor y se encontró solo. Pinch había huido de la habitación. Sin embargo, Skilley sentía en el lomo un cosquilleo de temor.

Pip llevaba varios días incubando la idea. Sabía, gracias a su observación de los clientes de la taberna, que cuando los humanos estaban lejos unos de otros solían comunicarse mediante cartas. Lo llamaban el "correo de un centavo", y lo único que necesitaban era papel, un sobre y una estampilla postal.

El plan de Pip era osado pero sencillo: mandar una discreta carta a la Torre.

Nudge y Muy fueron los responsables de conseguir el papel y el sobre. Pip se encargaría de escribir las letras que tanto había practicado. Puesto que ni Skilley ni Pip tenían dedos pulgares con los cuales guardar el papel en el sobre, esa labor se la dejarían a Maldwyn. Puesto que era un cuervo, era muy hábil con el pico y las garras.

En cuanto a la estampilla postal, los ratones y el cuervo habían designado a Skilley para conseguirla. De todos ellos, él era el único que se podía mover con naturalidad entre los humanos. Pero, aunque al principio pensó que conseguir la estampilla sería sencillo, Skilley pronto cambió de opinión.

Cualquiera pensaría que una estampilla de un centavo sería fácil de conseguir en una taberna como ésta, en la que había tantos escritores: el señor Dickens, el señor Collins, Thackeray —un hombre alto que parecía bulldog— y un tal señor Bulwer-Leytton, bastante engreído. Pero cualquiera que así lo pensara, se equivocaría. Los escritores son bastante tacaños y consideran una falta imperdonable dejar una estampilla postal abandonada por ahí.

Fue el desmedido gusto del señor Thackeray por los chiles lo que brindó a Skilley la oportunidad de llevar a cabo su tarea.

Había vuelto el frío para recordar a los ciudadanos de Londres lo inconstante que puede ser el clima inglés. Una tarde especialmente helada, el señor Thackeray entró a la taberna azotando los pies y sacudiendo la nieve de su abrigo:

—Invierno es el nombre de la mismísima miseria en los labios de todas las criaturas heladas —le dijo a Henry—. Sírveme un tarro de cerveza y un poco de ron.

—Enseguida —respondió Henry—. Puede sentarse en la mesa del señor Dickens. No creo que se aventure a salir con el clima que tenemos hoy.

Skilley dormitaba cerca de la chimenea, agradecido de que la taberna fuera su hogar. El calor sobre su lomo (y el hecho de que Pinch estuviera en otra habitación) resultaba muy reconfortante. Sus orejas se irguieron cuando oyeron al señor Thackeray hablar con la mesera:

—Necesito enviar algunas cartas —dijo—. Adele, querida, ¿podrías salir a comprar una docena de estampillas?

—¿Qué? ¿Ahora? ¿Con este clima?

—Te daré dos peniques.

—¿Dos peniques? Deme media corona y cuente con ello.

—¿Media corona? ¡Por esa cantidad iría yo mismo! ¿Qué te parecen un chelín y un beso en la mejilla?

—¿Y eso por qué había de convenirme a mí, eh? Un chelín, nada de besos y tenemos un trato.

—Muy bien —gruñó el señor Thackeray—. Nada de besos.

Adele se abrigó y salió de la taberna, riendo con sólo imaginar un beso de aquel viejo caballero.

—¿Va a ordenar algo de cenar? —preguntó Henry.

Una tos escandalosa y una suerte de eructo salieron de la garganta del señor Thackeray:

—Pan tostado, quizá. Y queso, desde luego; tu famoso queso Cheshire. ¿Tienes chiles? Si tienes, me encantaría comer un par de chiles, rojos y picantes.

—Pero, querido señor Thackeray —dijo Henry con cierta aprehensión, pues Thackeray era un muy buen cliente—, usted sabe que los chiles le causan indigestión.

—Al demonio mi indigestión —gritó el escritor—. Nunca he sabido de nadie que haya muerto de dispepsia. Y ya que nadie me dará un beso, quiero un par de chiles.

—Como guste. Pan tostado, queso… y chiles. Rojos y picantes.

Henry se dirigió a uno de los meseros que pasaba por ahí y le susurró:

—Prepárate para el Vesubio.

El mesero se rascó la cabeza, se encogió de hombros y se agachó para acariciar a Skilley:

—¿Qué diantres es el Vespucio?

Skilley no tenía respuesta a esa pregunta, pero sabía mucho acerca de los chiles. Alguna vez trató de comer uno. El primer bocado lo puso a temblar de dolor, y cuando trató de limpiarse las lágrimas con las patas, con las cuales había tocado aquellos vegetales salvajes, su agonía lo hizo desear un alivio que parecía que sólo la muerte podría darle. Skilley se equivocaba: el tiempo demostró ser un remedio igualmente efectivo. Sólo su odio por las puertas era mayor a su odio por los chiles.

Skilley miró al señor Thackeray, que estaba sentado en la mesa de Dickens escribiendo sobre hojas de papel. "Escribiendo": así lo había llamado Pip, aunque Pip lo hacía con la cola y este hombre usaba una pluma de ganso. Skilley se preguntaba qué habría sido del ganso que había estado pegado a esa pluma, cuando apareció Henry con un plato de queso y chiles asados.

"*Mmm*". Skilley recordó por qué había probado los chiles: olían exquisito, y su aroma combinaba perfectamente con el queso. Dulce, y al mismo tiempo penetrante, ácido y frutal: un disfraz perfecto para la tormenta de fuego que contenían.

El señor Thackeray construyó con cuidado una estructura de queso sobre una base de pan. El toque final fue un chile rojo entero, que dibujaba una curva como una sonrisa. Una sonrisa engañosa. De dos mordidas el escritor devoró la construcción con todo y la sonrisa. Su nariz se tornó colorada, sus mejillas de bulldog se estremecieron, las venas de su frente casi explotaron y surgieron gotas de sudor que se hincharon y corrieron por su rostro y nariz.

—Delicioso —graznó y, con su experiencia de años como gran comedor de chiles, se limpió los ojos, no con las manos sino con un pañuelo de seda.

El señor Thackeray comenzaba a preparar su segundo boca-dillo cuando Adele entró a la taberna con las estampillas.

—Justo una docena —dijo—. Ya las corté y las... ¿Qué es esto? ¿Ha estado comiendo chiles de nuevo, señor Thackeray?

—Lo siento, querida, pero no puedo resistirme.

—¡Está más rojo que un betabel! —exclamó riendo—. ¡Está más rojo que los juanetes de mi tío Bob!

Por toda respuesta, el hombre engulló la segunda creación culinaria:

—¡Ah! ¡*Mmmmmm!* —dijo extasiado, pero segundos des-pués se apretó el estómago y exclamó:

—¡Ooohhh! —gemía en doloroso éxtasis.

—¡Vesuvio! —gritó Henry con toda la profundidad conteni-da en la sabiduría de un tabernero.

El señor Thackeray saltó de su silla tan rápido que casi se cae y por poco tira a la impresionada Adele. Las estampillas volaron por el aire, revoloteando como hojas de otoño en su camino al suelo. El hombre se enroscó hacia la izquierda y se inclinó a la derecha, hasta que se apoyó en la pared:

—¡Auch! —gritó, y se agachó para observar su tobillo.

El clavo que deshilachaba chalinas, rompía dobladillos y agujeraba tobillos había hecho de las suyas con una nueva víc-tima. Como si fuera una pesada barcaza enfrentando un tem-poral, el señor Thackeray se dirigió a la barra.

—¡Leche! —gritó—. ¡Leche y melaza! Son los únicos antídotos.

Henry se agachó y examinó el friso:

—Tendré que sacar ese clavo —dijo haciendo eco de las palabras de todos los taberneros del Queso desde tiempos del rey Carlos II.

Mientras todos prestaban atención al tabernero y al achacoso señor Thackeray, Skilley caminó por la habitación de la forma más natural en que puede hacerlo cualquier gato, olisqueó un tablón como si buscara ratones, y se escabulló sin que nadie lo notara.

CH. Dickens

¡Debí haber estado en la taberna ayer por la tarde! Me maldigo por quedarme en casa. Lo que ocurrió hubiera sido una espléndida escena para un libro.

Thackeray hizo sus habituales travesuras culinarias y Henry no pudo con él. ¡Hay que ver las cosas que un hombre puede querer! Temo que el pobre de William va a padecer más de un doloroso espasmo ocasional como resultado de su afición a los chiles.

Terminarán por matarlo.

Ah, un comentario adicional a los eventos de anoche: Adele, la temperamental garrotera, contó la anécdota más extraña sobre el extraordinario gato de la taberna. Lo vio con "mis mismísimos ojos", citando a la chica. ¡Jura que el gato se comió una estampilla! La lamió del suelo, según informa, y, tremendamente complacido, salió del comedor. Quizá él mismo quiere enviarse por correo, pero… ¿a quién?

Esto me da una idea para mi historia sobre la revolución francesa: una carta escrita con una mezcla de hollín y sangre. ¡Sí! Oh, por Dios, debo regresar a mi escritura pronto, mientras mis ideas están aún claras.

XII

No es fácil ni agradable escribir una carta en comité (pregúntenle a cualquier escritor). Esto es particularmente cierto cuando el comité está repleto de opiniones necias, inapropiadas y contradictorias, como es el caso del que se reunió esa noche en El Viejo Queso Cheshire.

Skilley fue incluido en la delegación, así como Maldwyn. Después de todo, la carta en cuestión le concernía directamente.

Pip escuchó con paciencia mientras casi cada miembro del comité ofrecía una propuesta, o dos, o tres, para la redacción del mensaje.

—Diles que vengan pronto.

—Diles que es en El Queso.

—No olvides mencionar a los malvados gatos que lo atacaron.

—Y diles que traigan carne fresca. *Ejem…* Maldwyn me pidió que incluyéramos eso.

—¡Yo no hice eso!

—¡Por supuesto que sí! Hace unos segundos…

—No lo hice.

—Entonces ¿qué fue lo que dijiste?

—*Ejem*, dije que… ¡Al diablo con todo! —maldijo Maldwyn—. ¿Qué tiene de malo pedir un poco de carne fresca? Hace siglos que no como carne y estoy harto del sebo.

—Y ya que hablamos de eso, ¿por qué no les decimos que se deshagan de todas las ratoneras de Londres?

—Y…

—Y…

Pip escuchaba mientras, en secreto, rechazaba las sugerencias que no tenían lugar en una carta formal dirigida a White Tower, en particular aquellas que se referían a la abolición de las ratoneras, los halcones y los gatos: ese tipo de propuestas sólo entorpecerían el mensaje.

Al final Pip sabía que la redacción de la carta sería su responsabilidad. El resto de la tarde lo dedicó a pensar qué escribir y a la mañana siguiente seguía dándole vueltas al tema, acomodando y reacomodando cada palabra hasta que encontró un lugar exacto para cada una. Las palabras por fin estaban listas para ser colocadas en el trozo de papel que Nudge y Muy arrastraron por la escalera hasta la buhardilla.

—Está un poco manchado —se disculpó Nudge—, pero fue lo mejor que pudimos encontrar.

—¿Eso es sangre? —preguntó Skilley arrugando la cara de asco.

—Envolvía un trozo de carne —explicó Nudge—. Pero queda mucho espacio para las palabras.

—Tendrá que servir —dijo Pip—. Ya puse la dirección en el sobre que robaste del escritorio de Henry. Creo que tenemos todo lo que necesitamos.

Puesto que se trataba de un ratón con poco más que ingenio y una larga cola, Pip debió sentirse intimidado por el reto que se le presentaba. Sin embargo, se había preparado bien para este momento.

"Todo ratón tiene un destino", pensó Pip. "Quizá es por eso que yo no perdí la vida ese terrible día en la canasta de cebollas."

—¡Pip! —gritó Skilley sacándolo de su ensueño, y lo apresuró.

El ratón se enderezó, metió la punta de la cola en el dedal con tinta china, la sacudió contra el borde y se acercó al trozo de papel.

Los demás lo miraron ansiosos.

—Sólo escribe las palabras importantes —lo apresuró Skilley—, y date prisa, estoy más preocupado que nunca por Pinch. Le ha dado por seguirme y no tardará en venir a husmear por aquí.

—Que venga —graznó Maldwyn—. Veremos qué tal le va sin la compañía de sus camaradas.

—Silencio —dijo Pip—. Todos quietos mientras pienso.

Cerró los ojos e imaginó la carta. En su mente decía esto:

Al alabardero custodio y cuidador de cuervos,
Estimado Señor,

El cuervo que la reina cree secuestrado está vivo y a salvo en El Viejo Queso Cheshire de la calle Fleet, donde está recuperándose del violento ataque que sufrió por parte de una pandilla de gatos callejeros. Venga solo, ya que tememos que una multitud lo alarme.

Si es posible, traiga consigo algunas libras de carne fresca, ya que no ha comido más que restos por un largo periodo y estaría dispuesto a pagar una buena recompensa por vituallas decentes.

Por anticipado, mil gracias,
Un amigo

Abrió los ojos, sumergió la cola en el tintero, la sacudió de nuevo en la orilla del dedal...

—¡Anda, vamos! —urgió Skilley.

—Diles que se apresuren —chilló Muy.

—Y no te olvides de lo de la carne fresca —insistió Maldwyn.

—Y que venga solo —susurró Nudge.

—Sí, sí, ya voy.

Por fin, Pip comenzó a dibujar con cuidado cada curva, cada guión y cada punto, deteniéndose sólo para sumergir la cola en la tinta.

—¿Ya acabaste? —preguntó Maldwyn, quien ya estaba acomodado entre un montón de paños viejos en un rincón.

—No. Sólo he escrito el saludo.

—¡¿Qué?! —gritó Skilley—. Necesitamos terminar antes de que Victoria deje el trono. ¡Escribe sólo lo más importante!

—No entiendes nada—explicó Pip—. Escribir es más que poner palabras al azar; las palabras deben estar en un contexto.

—¿Eh? —gruñeron los tres mirones, antes del agudo chillido de Muy:

—¿Eh?

—Contexto. *Mmmm...* —repitió Pip rascándose la oreja—. Verán, las palabras tienen que estar en el orden correcto para tener significado. Es necesario saber dónde han estado y hacia dónde van. ¿Ustedes se comerían un trozo de queso sin saber dónde ha estado?

—Yo sí—dijo Nudge.

—Yo también —agregó Skilley.

—¿Lo mismo aplica para la carne? —preguntó Maldwyn.

Pip abrió la boca. Luego la cerró, la abrió, la cerró de nuevo, pegó la barbilla al pecho, dejó salir un tembloroso suspiro y volvió a la escritura.

—Por favor —lo apresuró Skilley de nuevo—, ¿no puedes ir más rápido?

—Si de verdad quieres ayudar, podrías acercarme la tinta —respondió Pip algo molesto.

—¿Por qué estás haciendo las letras tan grandes? ¿No puedes hacerlas del tamaño que tienen en el periódico?

—Los humanos no las hacen así, y queremos que parezca auténtica. Ahora déjame...

—¡T... t... tengo una idea! —gritó Nudge con la cara retorcida de entusiasmo.

Después de todo, las ideas no eran comunes en su mente simple y, por lo tanto, eran más valiosas:

—¿Por qué no usamos las palabras del periódico? Las cortamos y las ponemos sobre el papel. ¿No sería más rápido?

Pip observó nostálgico el tintero y después la tentadora hoja de papel.

—¡Brillante idea! —exclamó Skilley—. Así podremos trabajar todos juntos. Pip, tú seleccionarás las palabras y Maldwyn puede recortarlas con el pico...

—Prefiero usar las garras para tareas tan delicadas...

—Sí, sí, bueno, las garras —acordó Skilley—. El buen Nudge y yo podemos poner los recortes en su lugar.

—Tu inteligente propuesta tiene un problema —objetó Pip—. ¿Con qué vamos a pegar las palabras al papel?

—Mmm. ¿Con melaza? —sugirió Nudge.

Pip negó con la cabeza:

—Es muy sucio.

—¿Miel? —sugirió Maldwyn.

—Demasiado pegajosa. Y atraería a las abejas.

Era el turno de Skilley para ser brillante; le vino a la mente la imagen de Pinch con el periódico desgarrado pegado al cuerpo:

—Con un poco de saliva y harina de trigo de la cocina podemos lograrlo —dijo.

—Muy conseguirá la harina —ofreció la ratona más pequeña—. Vamos, Nudge.

Pip se resistía a dejar de escribir, pues lo disfrutaba mucho. Sin embargo, sus amigos tenían razón en estar preocupados; estaba tomando demasiado tiempo. A pesar de sus dudas, Pip terminó por convencerse.

—De acuerdo —concedió—. Yo elegiré las palabras. Maldwyn, ¿puedes venir conmigo, por favor?

Tan emocionado estaba el cuervo que no tuvo problema alguno para obedecer las órdenes del ratón. "¡Al fin un plan de acción!" Aquello funcionó como un tónico: Maldwyn, lleno de vida, saltó tras Pip hacia la pila de periódicos en el rellano.

Con la nariz pegada al suelo y sin hacer caso a nada más, Pip corría por la página marcando cada palabra con la cola y un poco de tinta. Mientras Pip leía, Maldwyn atacaba con entusiasmo cada uno de los pedazos elegidos.

Muy y Nudge, quienes ya habían vuelto con un poco de harina apilada sobre un viejo botón, se unieron a la brigada. Su trabajo era llevar cada trozo de papel a la buhardilla para que Skilley los acomodara en el orden preciso en el que Pip los enviaba.

—¡Listo! Ése es el último —dijo Pip por fin y se asomó por la puerta—. ¡Esperen! No los han pegado ¿verdad? —preguntó al caminar por la página—. ¡Menos mal! Sólo quiero leerlo una última vez…

—Pip —lo llamó un ratón desde la escalera. Sus ojillos negros estaban tan abiertos que lo hacían lucir muy gracioso, o alarmado, o ambos.

—¿Qué pasa? —preguntó Pip, preocupado.

—Se trata de Nell. Está… aquí.

Encantado con la noticia, Pip se echó a correr sin mirar atrás. Con la prisa, pasó por encima de la hoja de papel sobre la cual había docenas de palabras acomodadas con esmero, que vola-

ron por el aire como confeti lexicográfico y, al caer de nuevo sobre el papel manchado de sangre, encontraron un orden nuevo y aleatorio.

La incredulidad de Skilley ante aquella noticia congeló todos sus sentidos.

—¿Nell? —preguntó mientras tragaba saliva.

Nadie le respondió.

—¿Nell? —le preguntó a Muy esta vez.

—Nell —respondió la joven ratona con un suspiro—. Ella fue buena con Muy.

—¿Fue? Así que, está muer...

—¿Quieres verla?

—¡No! Eh, bueno...

Skilley trató de disimular la alarma que había en su voz. No tenía ningún deseo de encontrarse cara a cara con un fantasma.

—Quizá más tarde. Tenemos que terminar esta carta. Quedó hecha un desastre, ¿no te parece?

Esto último llamó la atención de todos. Miraron el papel.

—¿Están todas las palabras? —preguntó Maldwyn bruscamente, al tiempo que su impaciencia alcanzaba alturas olímpicas—. Sigamos con esto, pues.

Muy vertió la harina sobre el piso, cerca de la carta, y Maldwyn proveyó la saliva necesaria. Todos trabajaron animados y en poco tiempo completaron su labor. Sólo Skilley parecía preocupado cuando se detuvieron para observar el trabajo terminado.

—¿Seguros de que dice todo lo que acordamos? —preguntó.

—Supongo que sí —respondió Nudge.

—Pero ¿qué hacemos con los pedacitos que sobraron? —preguntó Muy mientras jugueteaba con los recortes sobrantes regados por el suelo.

—Pégalos sobre el papel —sugirió Nudge—. Sólo deja fuera los pequeñitos. Y aquel otro: no me gusta cómo se ve.

—Tíralos entre los maderos del piso —graznó Maldwyn—. ¿Quién se va enterar?

Y así lo hicieron.

Skilley volvió a mirar la hoja de papel tapándose un ojo con la pata para extraer algún significado de aquellos extraños símbolos negros. Si hubiera sabido leer, esto es lo que hubiera encontrado sobre el papel, quizá con cierta preocupación:

—Bien, será mejor que la metamos en el sobre y lo cerremos. ¿Tenemos suficiente harina para pegarlo?

—No, no —dijo Maldwyn—. Hay que hacerlo correctamente. He visto hacerlo muchas veces al cuidador de cuervos. Acérquenme aquella vela.

—¿La vela? —preguntó Skilley.

—¡Va a quemarla! —chilló Muy tirándose de las orejas.

Pero el cuervo no tenía intención de quemar la carta que sería su salvación. En cambio, levantó la vela con la garra y la inclinó lo suficiente para derramar un poco de cera en el sobre.

—¡Manténgalo cerrado! —ordenó—. Mientras la cera estaba todavía tibia y maleable, el cuervo apoyó su pata justo en el centro.

—Listo —dijo—. Ahora hay que echarla al correo.

—¿Qué demoni...?

El pelo de Skilley se erizó como las púas de un puerco espín. Con un solo grito Muy confirmó los más hondos temores del gato:

—¡Nell!

La silueta de la chica apareció enmarcada por la puerta mientras la luz que entraba por la ventana se proyectaba a sus espaldas. La dorada imagen hipnotizó a Skilley por un instante. Con todo y lo valiente que había demostrado ser, se desplomó desmayado de forma poco heroica.

—¿Gato? ¡Gatito!

La voz que trataba de reanimar a Skilley parecía preocupada.

Cuando recobró el conocimiento, Skilley se dio cuenta de que no era un fantasma quien le hablaba. Vio la cara de Nell: para su gran alivio, se trataba de una cara de carne y hueso.

—¡Pip! —exclamó la chica—. Ya despertó.

Pip se acercó a Skilley y lo olisqueó.

—Oh, Dios —susurró arrugando la cara—. ¿Qué te pasó?

—N… Nell.

Skilley, que resultó no estar tan recuperado como pensaban, casi se atragantó de sólo mencionar aquel nombre.

—Sí, ella es Nell.

—Pensé que estaba muerta —dijo Skilley.

—¿Muerta? Claro que no está muerta. Vive en Chessington. Pensabas… —dijo Pip con labios temblorosos; sus prodigiosos dientes impidieron que ocultara una sonrisa.

—Pero tú dijiste que estaba…

—Estoy seguro de que nunca dije tal cosa… —negó Pip efusivamente con la cabeza de tal forma que las orejas palmotearon contra su cabeza.

—Si no estaba… muerta… —reclamó insistente Skilley—, ¿entonces por qué las lágrimas y todo aquello de "pobre Nell", cada vez que mencionaban su nombre?

—Porque en verdad es desafortunada —dijo Pip en tono amargo—. La enviaron a vivir con su tía en el campo y sólo la dejan venir a casa de vez en cuando y por poco tiempo. Henry está convencido de que estar en la taberna le causaría otra crisis nerviosa— susurró Pip como si temiera que Nell lo oyera y entendiera lo que decía—. Creen que está chiflada.

—¿Y lo está? ¿Está chiflada? —susurró también Skilley.

Desde luego, para Nell todo aquello sonaba como si el gato ronroneara y el ratón chillara. Ella ya había concentrado su atención en el achacoso Maldwyn.

—¡Por supuesto que no! —dijo Pip, indignado—. Simplemente le confió un secreto a la persona equivocada.

—¿Un secreto?

—Le contó a Adele sobre mí.

Skilley no había esperado esa respuesta y miró a la chica:

—¿Y qué pasó?

—Pues Adele le contó a Croomes; Croomes le dijo a Henry; Henry consultó a dos doctores y a la cuñada de una partera. El consejo de todos fue que la mandaran al campo para que descansara y se recuperara. ¡Imagínate! A descansar y recuperarse a la casa de una tía que tiene diez hijos y no tiene nana. Pero Nell nunca se queja. Nuestra Nell es…

Nunca sabremos a qué alturas habría llegado la bondad de Nell en boca de Pip, pues éste se detuvo a media oración cuando su mirada se posó en el sobre que estaba a poca distancia.

—¿Sellaron la carta? Ay, Dios mío. Hubiera preferido leerla antes de que…

—Ah, sí. La sellamos pero ahí está todo, como nos dijiste —dijo Skilley sin mencionar los recortes que habían tirado por entre los tablones del suelo; mencionarlo sólo serviría para preocupar a Pip, y su amigo ya tenía suficientes preocupaciones.

Nell se sentó en el suelo después de darle a Maldwyn el azúcar que llevaba en su delantal. Llamó a ambos animales para que se acomodaran en su regazo.

—Parece que ustedes dos se llevan muy bien —dijo acariciando la nariz de Pip—. Sólo tú podrías domar a un gato, Pip.

Skilley arrugó la nariz en señal de descontento ante el veredicto de la chica.

Nell cambió de posición para estar más cómoda:

—¿Qué es esto?

Alcanzó la carta con el sello rojo y la dirección que con tanto trabajo había escrito Pip. El ratón se alteró.

—¿Qué dices, Pip?

En respuesta, el ratón corrió por la habitación hacia el dedal con tinta. Allí sumergió la cola y corrió hasta donde estaba Nell.

Ella estiró la mano, como solía hacerlo, y Pip le escribió sobre la palma:

MÍA.

—¿Ah, sí? —exclamó Nell y levantó las cejas simulando sorpresa—. Sabía que iba a arrepentirme de enseñarte las letras.

Pip protestó.

—No, no. Claro que estoy orgullosa de ti. Pero ¿qué es esto? Está cerrada —dijo revisando el sobre y luego se dirigió a Maldwyn—: Una pata, *mmm*… garra; así que tú tuviste que ver con esto. Ahora estoy más que tentada a ver qué dice —y golpeó ligeramente el sobre contra su barbilla.

Ante aquel gesto, el ratón protestó aún más.

—¡Me rindo! Después de todo, un ratón que sabe leer y escribir tendrá sus motivos para enviar una carta a… —dijo Nell y leyó en voz alta la dirección del sobre—: ¿La Torre de Londres? Pip, ¿estás seguro de lo que haces?

Pip deseó poder explicarlo todo con palabras humanas; en cambio, corrió hacia la otra mano de la chica y escribió otra palabra. Esta vez era una petición:

¿CORREO?

—¿Quieres que la eche al correo? —preguntó frunciendo la frente con preocupación.

Pip enroscó la cola en el dedo de la chica y le lanzó una mirada de súplica.

—Muy bien —suspiró—, supongo que esta carta no hará daño.

Y fue así como superaron un obstáculo más para que la carta llegara a su destino sin ser revisada.

Maldwyn dejó escapar un graznido de alivio. Descansaba sobre la pierna de Nell y ella le acariciaba cariñosamente el plumaje sin que él la atacara.

"Esta chica es muy dulce", pensó Skilley mientras Nell le rascaba la oreja izquierda, "pero es muy extraña, incluso tratándose de un humano".

Entonces hizo lo que todo gato hace bajo esas circunstancias: bostezó, se estiró y guardó las garras con delicadeza. Luego recorrió las escaleras con aquella mirada adormecida: ahí estaba Pinch, quien rápidamente desapareció.

—¿Qué fue eso? —preguntó Nell.

—Ya vio a Maldwyn —le murmuró Skilley a Pip.

El ratón corrió de nuevo hacia el dedal y otra vez garabateó la mano de Nell, ahora en el anverso.

Nell leyó en voz alta mientras se ponía de pie:

date prisa

Al día siguiente Nell lucía muy triste parada en el corredor junto a su maleta. Sacó a Pip de su bolsillo:

—Tenemos que despedirnos de nuevo, querido Pip.

Pip se enjugó los ojos; el pelo alrededor de su hocico estaba mojado por tantas lágrimas.

—Casi no dormí de tanto preocuparme por todos ustedes —dijo Nell y se mordió los labios, asegurándose de que no hubiera nadie en el corredor antes de continuar—. La casa de mi tía está tan lejos y el ala del cuervo no está sanando bien. Además está el gato de Adele; es un demonio, estoy segura. Procura mantenerte alejado de él. Promételo, Pip.

Pip soltó un chillido afirmativo justo antes de que entrara el padre de la chica. El ratón se escondió de inmediato en el bolsillo. Cuando el tabernero abrazó con fuerza a su hija, Pip se enroscó por temor a ser aplastado.

—Mi querida Nell —dijo su padre con un tono que denotaba más preocupación de la que sus palabras podían expresar—, recupérate pronto y vuelve a nosotros con buena salud. Este lugar es muy aburrido sin ti.

La chica abrió los brazos para abarcar a su rotundo padre. Luego se apartó y lo miró a los ojos.

—Ya estoy mejor, papá. Nunca estuve enferma. Si tan sólo me creyeras. Pip de verdad puede comunicarse con…

—Claro que puede. Yo le creo —dijo Croomes en solidaridad.

La declaración de la cocinera fue tan sorprendente que Pip se arriesgó a asomar la cabeza por el bolsillo de Nell.

Adele estaba de pie junto a la enorme mujer.

La cocinera le entregó a Nell algo envuelto en una servilleta y agregó:

—Tome algunas provisiones para su viaje, señorita. Lamento mucho haberle causado problemas —dijo frotándose un ojo y dio la media vuelta.

Croomes pasó junto a Henry y le murmuró al oído:

—Maldito bruto sin corazón.

Le dio un codazo a Adele y, abatida, se abrió paso hacia la cocina.

Era el turno de Adele para abrazar a la chica:

—Recupérese pronto, señorita. No me extraña que piense que los ratones le hablan, con la cantidad de ratones que hay corriendo por aquí. A veces yo también los oigo, no crea. Pero las cosas han cambiado ahora que está aquí mi Oliver, no es cierto?

Nell se tensó y se zafó del abrazo de la garrotera. Su rostro, normalmente agradable y radiante, lucía sombrío.

—Padre —dijo con voz firme—, no pienso volver a casa de mi tía. Voy arriba a desempacar mis cosas.

La habitual calidez de su voz se había esfumado por completo. Todos comenzaron a hablar exactamente al mismo tiempo, y Croomes, que estaba a media escalera cuando escuchó la gloriosa rebelión de Nell, se dio la vuelta y casi corrió escaleras arriba:

—Entonces, ¿se queda? —preguntó Croomes con el rostro estallando en una sonrisa que era toda dientes y encías.

—No se queda —dijo Henry.

—Padre...

—No me contradigas —gruñó el hombre.

—Pero, padre...

Los ojos de Henry se encontraron involuntariamente con los de Nell. Reconoció en los ojos de su hija una terquedad tan familiar, que le rompió el corazón.

—Puedes mandarme allá por una semana o por un año. Cuerda o loca, soy lo que soy. He sido una terrible carga para la tía Edith y debo confesar que no fui una buena invitada mientras estuve bajo su techo. Seguí salvando animales indefensos sin arrepentirme. Cuando encontró una serpiente en su orinal, mi tía estuvo en cama una semana.

"Así que, querido padre, sería verdaderamente injusto que le impusieras a tu hermana la presencia de una chica tan imposible de cambiar y con tan poco remordimiento como tu querida hija Nell.

—Eres idéntica a tu madre —dijo Henry tocando la frente de la chica con el dedo.

—Y ya era hora de que te dieras cuenta —dijo Croomes.

Pero fue Adele quien dijo la última palabra al respecto.

Nadie, salvo Skilley, la escuchó. Mientras todos ayudaban a Nell a desempacar en su habitación, el gato entró a la cocina buscando restos de comida. Ahí encontró a la garrotera sosteniendo una conversación unilateral con el cuchillo de carnicero:

—¡Mi tía, cómo no! Sé perfectamente lo que quiere hacer esa embaucadora. Quiere salvar a sus ratones parlanchines. Que hablen, que bailen, no me importa si saben curar la viruela:

son ratones repugnantes. Y ahora resulta que Croomes también se compadece de ellos. Pero tú no, ¿verdad, mascota mía? —dijo como arrullando al gato.

Entonces, con un certero golpe de la hoja del cuchillo recién afilada, partió en dos a una inocente col.

—Están planeando algo perfectamente desagradable —dijo Skilley—. Estoy seguro.

—¿Están? —preguntó Pip.

—Ellos —respondió el gato—. Pinch y Adele.

—¡Eso es absurdo! ¿Adele?

—Sí, Adele. Esa mujer es muy extraña. Debiste verla partir esa col. Y ahora que Pinch sabe lo de Maldwyn, el cuervo corre tanto peligro como el día en que cayó del cielo. Conozco a Pinch y querrá terminar lo que empezó aquel día en el callejón; no descansará hasta que haya probado la sangre de Maldwyn.

—Bueno, pero ya hemos decidido que no podemos moverlo —dijo Pip—. Está demasiado débil. Además, Nell bloqueó la entrada del ático con aquel viejo baúl.

Aun así la intuición del temor que Skilley había adquirido en las calles, ese sexto sentido que juzgaba cada situación calculando los riesgos, ponía las cosas escalofriantemente a favor de Pinch.

CH. Dickens

Intento escribir, pero mis pensamientos vuelan cada vez
más lejos de mi propio relato. Me consume la curiosidad
acerca de los ires y venires de los animales de esta
taberna. Siento como si a todos ellos estuviera a punto de
ocurrirles algo grave.

Sin embargo, hay buenas noticias. El injusto destierro
de Nell ha terminado y su presencia aligera el aire del
lugar.

No obstante, desespero. La fecha límite para presentar
la primera entrega para All the Year Round se acerca, y yo
aún no tengo un buen principio...

El gato color jengibre acaba de saltar desde la cortina
del comedor y parece estar siguiendo al otro...

¡No! Hoy debo, tengo que, ocuparme de mi propio
trabajo.

XIII

Lo que ocurrió después en la taberna tomó a Pip y a Skilley por sorpresa: nada-en-absoluto. Por lo menos nada fuera de lo normal, y claro que no era eso lo que Pip había estado esperando. Habían mandado la carta por correo, Nell había decidido quedarse, Adele y Pinch seguían siendo aliados y el cuidador de cuervos no había ido a la taberna.

No fue al día siguiente, ni al siguiente, ni al siguiente; no fue a la taberna ni siquiera después de que pasó una semana completa. Si no le hubieran confiado la carta a Nell habrían dado la misión por fracasada.

A Pip le dio por vigilar entre las ramas de una planta cerca de la ventana del comedor. Desde ahí podía observar y esperar la llegada del carruaje con el emblema de White Tower.

El señor Dickens le hacía compañía, sentado en la mesa de siempre cerca de la misma ventana, con el cuaderno siempre abierto y la pluma siempre en la mano, como si esperara que en cualquier momento lo asaltara una brillante idea. Pero escribía poco. A veces caminaba por la taberna, asomándose a una habitación y luego a otra. Croomes lo echó de la cocina en dos ocasiones.

Al final de la semana la única cosa inusual que Pip pudo observar fue la llegada de un extraño. Eso por sí mismo no resultaba tan raro, ya que con frecuencia había extraños que visitaban la taberna. Este hombre, sin embargo, vestía un pesado abrigo y ocultaba su cara con un sombrero de pastor. Eso tampoco era tan extraño: después de todo era invierno y una lluvia helada azotaba las calles lanzando ráfagas de agua helada sobre toda la ciudad.

Lo que sí era inusitado era que el hombre no se quitara el abrigo ni el sombrero. No se descubrió el rostro ni buscó sentarse cerca de la chimenea: en cambio, se sentó en un rincón, se repantingó sin moverse y sin siquiera aceptar una cerveza cuando Nell se la ofreció.

Ella miró al señor Dickens y movió la cabeza en dirección al extraño personaje como preguntando: "¿Qué opina usted?"

Dickens respondió encogiéndose de hombros, pero sus ojos brillaban de curiosidad y daban una respuesta muy distinta.

Pip centró su atención en lo que ocurría afuera de la taberna. Por suerte, pues de lo contrario no habría visto el carruaje con cortinas en las ventanas que se detuvo frente al Viejo Queso Cheshire. Dejó de moverse poco a poco, pero nadie descendió de él. El conductor se acurrucaba bajo su impermeable tratando de protegerse de la lluvia.

Pip paseó la vista entre el extraño personaje y el carruaje. Había algo sospechoso en la actitud de ambos (si es que un carruaje puede tener una actitud, claro está). Pip se estremeció en parte por el frío y la lluvia, y en parte porque tuvo una premonición.

Es difícil de contar lo que ocurrió a continuación y aún más difícil de creer para cualquiera que no haya visto los extraños acontecimientos de ese día. Fue como si el lugarteniente del mismo diablo se hubiera escapado y esparcido el caos por todo el Queso.

Como ocurre con frecuencia con las erupciones volcánicas, esto empezó con sólo un ligero estruendo: un estruendo llamado Adele.

Mientras Pip miraba por la ventana, cada vez menos interesado en el carruaje, notó que Adele, muy abrigada, se acercaba a la taberna con un paquete envuelto en papel pegado al pecho. Había ido a recoger a la lavandería las camisas de Henry (y, de paso, a visitar a cierto carbonero, si no ¿para qué enfrentar esa tormenta sólo por algunas camisas limpias?).

Al acercarse al carruaje, Adele disminuyó el paso, se detuvo y miró al empapado conductor. Chismosa como era, trató de asomarse por la ventana hacia el interior del carruaje. Sin advertencia, el conductor volvió a la vida y chasqueó su látigo.

Ella le gritó algo que Pip no pudo entender; a modo de respuesta, los ojos y la quijada del conductor se abrieron de par en par, lo cual hizo caer el habano que sujetaba con los dientes. Ella lo dejó ahí, mientras él se sacudía los pantalones.

Adele entró al comedor intempestivamente:

—¿Qué es todo eso? —gritó—. Quién diría que un carruaje tan elegante se detendría frente al Queso —dijo al dejar caer el paquete sobre la mesa y sacudió su capa regando agua de lluvia encima del aserrín y los tablones del piso.

—Más te vale que limpies eso —ordenó Henry—. Alguien podría resbalarse.

—Pero ¿quién cree usted que esté en el carruaje?

—A mí qué me importa un carruaje que no me trae clientes —dijo Henry bruscamente. El clima lo tenía de mal humor, lo cual no ayudaba al humor de Adele.

La garrotera levantó el paquete con las camisas y lo lanzó a la cabeza del tabernero:

—¡Pues la próxima vez, usted vaya por sus camisas! ¡Yo sólo preguntaba!

Por fin, el personaje sentado en el rincón levantó la cabeza y habló:

—No es nadie —dijo—. No se preocupen por el carruaje.

Se puso de pie y caminó hacia la mesa del señor Dickens:

—Disculpe, señor —dijo cuando su abrigo rozó la pierna del escritor; no notó ni a la planta ni al ratón.

—No hay de qué —dijo el señor Dickens—. ¡Qué buen día para ir a pasear por la ciudad!, ¿no le parece? —agregó, aunque su voz sugería lo contrario a lo que decía.

El hombre aquel ignoró el sarcasmo del señor Dickens; siguió mirando por la ventana como si observara algo inimaginable y murmuró una suerte de juramento antes de gritar:

—¡No! ¡Ella no sería capaz de hacerlo! —y se lanzó como una saeta hacia la entrada de la taberna.

Adele se acercó al señor Dickens. Ambos miraron hacia la calle a través de la ventana. Pip lo observaba todo entre las ramas de la planta.

La puerta del carruaje se abrió y una mujer bajita y regordeta, con la cara cubierta por un velo, descendió seguida por un grupo de caballeros con elegantes capas y sombreros de piel de castor: un grupo de rígidos caballeros que seguían a aquella mujer como si estuvieran unidos a ella por un hilo invisible. El último en salir del carruaje fue un hombre rechoncho de cuya cabeza pendía un único mechón de pelo gris que no se aplacaba ni con la lluvia.

Este último caballero se apresuró a alcanzar a la señora, rogando y suplicando con gestos de obvia exasperación. La mujer se volvió hacia él y detuvo sus protestas con una mirada fulminante. Volvió a mirar al frente y siguió caminando hacia la puerta de la taberna.

Su humilde séquito la siguió.

Adele también corrió hacia la puerta con gran curiosidad, pero se resbaló con el charco de agua que ella misma había metido a la taberna con su abrigo. Sus pies se alzaron sobre sus hombros, la falda le cubrió la cabeza y aterrizó sobre el trasero con un golpazo, una maldición y una cascada de monedas que se escapó de su bolsillo. El extraño de gran sombrero se disponía a abrir el paso a los recién llegados y tropezó con Adele. Cayó despatarrado al suelo, perdió el sombrero y, de paso, buena parte de su dignidad.

Una vez dentro, la mujer del carruaje se detuvo ante los dos personajes tirados en el suelo:

—Querida, ¿es ésa una forma apropiada de recibir invitados?

—Yo... eh... le ruego me disculpe, señora —dijo Adele mientras trataba desesperadamente de recoger sus monedas—. Como puede ver, soy una... una... mujer caída en desgracia.

La inocente respuesta de Adele congeló a todos en la habitación. El señor Dickens dirigió su mirada hacia una escena que de pronto le pareció cautivadora.

La dama se dirigió a Adele. Sus palabras parecían haber sido tan bien elegidas como torpes habían sido las de la chica. Su voz mostraba una mezcla de reprobación y, quizá, de humor:

—En el futuro, querida muchacha, sería mejor que tuvieras más juicio con tus palabras del que has tenido con tus pasos; una mujer que ha tenido la desgracia de caer no debe confundirse nunca con una mujer que ha caído en desgracia.

Dickens contuvo una risotada.

La visitante se volvió hacia el extraño despatarrado en el suelo:

—Nos cansamos de esperar.

El extraño se puso de pie apresuradamente:

—P… p… pero no he podido asegurarme de que aquí esté segura.

Mientras tanto, el señor Dickens atravesó la habitación y le ofreció una mano a Adele. Con una mirada de culpa dirigida a Henry, antes de levantarse Adele guardó con destreza las monedas en su bolsillo.

El señor Dickens se volvió hacia la visitante e hizo una reverencia.

—Muy buenas tardes, Su Alteza. ¿Qué la trae por El Viejo Queso Cheshire en un día tan inclemente como éste?

Tras el velo, la voz de la reina Victoria se dulcificó por la sorpresa:

—Usted es el señor Dickens. Lo recordamos por la maravillosa representación que hizo en Nuestra Presencia.

Esta vez, Dickens hizo la más elegante y profunda reverencia de su vida:

—Bienvenida a la mejor taberna del reino, Su Alteza.

La dama recordó el motivo de su visita y agregó:

—Y el escondite de una de las joyas de ese reino, misma que nos pertenece: una joya que ha sido robada por bandidos que pretenden intercambiarla por el pago de un rescate.

La reina hizo una pausa y se quitó el velo apartando de su rostro las manos que pretendían ayudarla:

—Ya no necesitamos esto.

Sin la tela que cubría su rostro, la mujer reveló ante toda la concurrencia el querido y conocido rostro que adornaba las estampillas postales.

Adele soltó un chillido.

El señor Dickens la detuvo por el codo mientras la chica hacía su mejor esfuerzo por ejecutar una maltrecha reverencia antes de darse la vuelta y salir corriendo del comedor. Pip pudo escuchar cómo se desvanecían sus chillidos al bajar la escalera.

La reina observó a la garrotera con un gesto de reprobación. Después de todo, a la chica no se le había concedido permiso para marcharse. Pero, por fortuna para Adele, la reina tenía preocupaciones más importantes en ese momento. Fijó su majestuosa atención en el resto de los ocupantes de la habitación.

"Su Alteza", se hundieron las palabras en el remolino que era el cerebro de Pip. "¡Esperen! ¿Dijo *joya*? ¿Qué joya? Por todos los cielos, ¿estaría refiriéndose a Maldwyn? Y ¿qué fue lo que dijo acerca de un rescate?"

XIV

Skilley subía las escaleras de la bodega sin darse cuenta de lo que ocurría en el comedor, cuando escuchó pasos en la planta alta. En silencio, como sólo un gato puede hacerlo, regresó a esconderse en la penumbra de la bodega junto a un barril de vino.

El enorme pie de Croomes por poco le aplasta la cola al pasar. Skilley se refugió en la zona más oscura de la bodega. La cocinera iba hablando sola. El gato alcanzó a oír fragmentos de su soliloquio:

—¡No voy a permitirlo! ¡No lo haré! ¡Ella quiere deshacerse de todos los ratones de la taberna! ¿Qué pasará entonces? ¿Vamos a condenarnos a la ruina y a penurias? ¡Muchacha tonta! Tengo que hacer algo con esa tal Adele…

Skilley la escuchaba confundido. ¿De qué hablaba la cocinera? Era cierto que Croomes había estado de pésimo humor últimamente: le había dado por decir que los ladrones estaban saqueando las alacenas; ladrones que al parecer no tenían ningún interés en robar estaño, joyas o la platería de Henry. Sólo les interesaba el queso. A pesar de todo esto, Croomes se había dado cuenta de que culpar a los gatos era una locura y, dado que los ratones sólo tomaban su porción de siempre, concluyó que debía haber una banda de ladrones obstinados en robar su legendario queso Cheshire.

Hasta el confundido Henry se opuso a esta teoría:

—¿Ladrones? —preguntó con un resoplido.

—¡Sí, ladrones! —respondió Croomes en un tono calcinante—. ¡Y cuando los atrape los voy a dejar como pollos rostizados!

Croomes tenía algunas sospechas que se habían ido haciendo más profundas. Se las había confiado a Skilley un día mientras lo cargaba del pescuezo. A cada una de sus teorías la acompañaba una vigorosa sacudida de cabeza: el joven Jack, el lavatrastes, sin duda tenía apariencia de criminal, decía; y Gertie, la ayudante de cocina, había engordado como si de pronto hubiera cambiado su dieta.

—¡Asnos tramposos! —despotricaba—. No respetan al artista. Mi queso es el mejor de Londres, ¿o no? Unos cuantos ratones roba-queso no me molestan, ¿verdad?

Su mirada se clavó en Skilley. Le olfateó los bigotes:

—Tampoco me molesta un gato raro como tú, ¿eh? Los dejo comer un poco de queso y, a cambio, los agradecidos ratones…

Suspendió aquella peculiar oración antes de que Skilley pudiera enterarse de qué era lo que hacían los ratones a cambio del queso. ¿Qué habría querido decir con eso de que era un gato extraño? ¿Acaso Croomes habría adivinado?

"Esta taberna tiene más secretos que ratones", pensó.

Skilley regresó a la realidad cuando oyó repicar unas llaves y abrirse la puerta. Se asomó desde el barril de vino. La turgente cocinera abrió la bodega del queso e ingresó en ella; la luz de una vela alumbraba débilmente sus pasos. De inmediato surgió de la bodega el apetitoso aroma del queso Cheshire. La nariz de Skilley se retorció de placer. "Si tan sólo Croomes dejara la puerta abierta al salir", pensó.

Pasó un minuto.

—¡Cocinera, venga rápido! —gritó Adele casi sin aliento y despeinada bajando de dos en dos las escaleras.

Croomes salió de la bodega cargando bajo el brazo un redondel de queso.

—¡Por Dios, niña! —dijo la gigantesca mujer—. ¡Me asustaste! ¡Contrólate!

—¡Pero venga pronto! Hay alguien aquí y nunca adivinará de quién se trata. ¡Ni en cien años lo adivinaría!

Se acercó y susurró al oído de la cocinera algo que Skilley no pudo escuchar. Croomes casi deja caer el queso de pura sorpresa.

—¡Estás bromeando!

—¡No, señora, se lo juro! —gritó Adele.

Croomes le creyó, pues se lanzó escaleras arriba a una velocidad inconcebible para alguien de su edad y tamaño.

Adele la siguió de cerca.

Skilley las vio desaparecer y se volvió hacia la tenue luz que salía de la bodega, la cual se quedó abierta invitándolo a entrar. Dudó un instante con la mirada fija en las escaleras. Un minuto, dos. Cuando estuvo seguro de que las mujeres no volverían, Skilley salió de su escondite y olfateó el aire. Una fragancia como de incienso inundaba la habitación desde las losas del suelo hasta el techo abovedado.

"¡Ah! ¡Queeeso!"

El penetrante aroma lo incitó a atravesar la puerta. Skilley se detuvo para tomar aire y entró despacio en la bodega.

Skilley observó boquiabierto las repisas y mesas repletas con pilas de queso que llegaban hasta el techo. Del otro lado de la habitación, paneles que antes fueron puertas sostenían el inmenso peso de su dorada carga.

Skilley oyó un crujido. La puerta se azotó. Se dio vuelta y pudo ver que la puerta estaba cerrada con seguro.

—¿Quién está ahí? —preguntó con voz de mando.

Una voz cargada de rencor le respondió:

—No te preocupes por quién está aquí afuera, preocúpate porque el que está ahí dentro eres tú, y tus amigos pagarán el precio. La tonta de la garrotera quitó el baúl que protegía el ático, y ¿qué crees que encontró ahí? Pero no te alarmes: me lo dejó a mí. Primero me haré cargo de asuntos más pequeños.

El miedo y la furia lanzaron a Skilley contra los paneles de roble de aquella sólida puerta.

"¡Odio las puertas!", pensó al tiempo que caminaba de un lado a otro, gruñía y escupía.

Había sido justamente una puerta al azotarse lo que convirtiera su cola en un gancho inútil. Pero no era ése el motivo de su odio.

"Los recuerdos amargos son como algo que está encerrado detrás de una puerta con llave", pensó Skilley. "Son cosas oscuras que intentan abrir las puertas y susurran tu nombre por la cerradura y rasgan la madera con las uñas; quieren escapar para hacer su espantoso trabajo: quieren hacerte recordar cosas que sería mejor olvidar."

Los recuerdos de Skilley se soltaron de sus amarres y lo paralizaron de miedo. Se rindió ante la debilidad de sus patas y se colapsó en el suelo. La oscuridad oprimió su pecho al recordar a su primer amigo.

El chico era mucho más delgado que los otros niños del orfanato, pero era más alto. Sus dedos apenas alcanzaron un día al gatito muerto de hambre que estaba en el alféizar de la ventana del dormitorio. El chico escondió al tembloroso gatito en su mugrosa camisa de dormir y se acostó en su desgastado camastro, donde se transmitieron calor mutuamente hasta que amaneció. El chico dio al gato el nombre de Skilley después de compartir con él un plato de avena aguada que apenas alcanzaba para alimentar a uno de los dos. El chico lo salvó de morir de hambre con cortezas de pan y pedacitos de queso que robaba de la cocina. El chico y el gato no se separaban nunca; durante dos maravillosas semanas Skilley vivió en la camisa del chico sin ser visto.

Hasta que una noche atraparon al muchacho robando queso y descubrieron al gato. Skilley oía los gritos y protestas del chico cuando lo arrancaron de sus brazos y lo lanzaron a la calle. Aún recordaba la puerta cerrada que lo había alejado de su único amigo. ¡No! No era su único amigo…

¡Pip!

Los ojos de Skilley se abrieron de pronto.

—Su Majestad, le aseguro que en El Queso no hay ese tipo de tejemanejes, y desde luego que no hay bandidos ni joyas —dijo Henry con una reverencia aduladora.

Los recientes acontecimientos lo habían dejado mudo hasta ese momento. Sin embargo, pensaba demostrar que era un tabernero en toda forma, de modo que agregó:

—Pero somos muy conocidos por nuestro excelente queso. Si Su Alteza y sus acompañantes quisieran tomar asiento… ¿quizá arriba en un comedor privado?

—Señor, no estamos aquí para probar el queso. Estamos aquí por lo del cuervo —dijo la reina usando un plural mayestático que hizo que Henry diera un paso atrás.

—¿Cuervo? Bueno, no servimos cuervo, pero si…

—No, no, no —interrumpió la reina cerrando los ojos, y acompañó el gesto con un gemido casi inaudible.

—¡Silencio! —le ladró a Henry el hombre del abrigo.

"Ay, Dios", pensó Pip.

Mientras toda la atención se concentraba en la reina Victoria, tal y como correspondía a una persona de su posición y a la extraña situación, Pip se escabulló de la maceta, corrió sobre la mesa y cayó en el suelo. Luego respiró profundamente y se lanzó hacia un hoyo en la pared más lejana. Antes de hallarse a salvo alcanzó a escuchar una imperiosa pregunta:

—¿Eso es un ratón?

Atrapado junto al queso más glorioso de toda Inglaterra, Skilley perdió el apetito. Una vez que recuperó el control de sus sentidos, se lanzó contra la puerta una y otra vez, pero fue en vano. Saltó sobre las repisas y las puertas que sostenían el queso, buscó por las paredes e inspeccionó las vigas y las lozas del suelo. Encontró incontables grietas pero ninguna lo bastante grande como para dar cabida a un gato.

—¡Pip! —gritaba por todos los agujeros que encontraba—.

¡Nudge! ¡Muy! ¡Alguien!

"Por favor, alguien responda."

Desesperado, volvió a lanzarse contra la recalcitrante puerta, pero la muy miserable sólo obedecía a las llaves.

—¿Señor Skilley?

Era Nudge, que había bajado desde el techo y estaba sentado en una repisa, alisándose los bigotes con la pata.

Skilley alcanzó a oír cómo masticaba. Este tipo estaba… ¿comiendo?

Aunque ya no quedaba nada de la vela de Croomes, y aunque sólo se veía la rendija de luz que entraba por debajo de la puerta, Skilley no tuvo dificultad para escrutar la oscuridad gracias a sus ojos de gato.

—Oí que gritaba —dijo Nudge mientras masticaba—. ¿Consiguió las llaves de la cocinera? Qué listo.

—No, no conseguí las llaves de la cocinera —respondió Skilley bruscamente, pues cuando estos ratones probaban el queso, perdían toda forma de razonamiento—. ¡Estoy atrapado y Pinch tiene algo horrendo entre manos! Debes advertir a Pip. ¡Corre, Nudge, corre!

Croomes y Adele llegaron al comedor justo a tiempo para oír el grito de la reina: "¿Eso es un ratón?"

Al no hallar ninguna otra arma cerca, Adele arrancó el redondel de queso de los brazos de Croomes y lo lanzó hacia Pip. La rueda se rompió contra el suelo y proyectó a Pip a través de un agujero en la pared. El ratón golpeó la pared interior con tanta fuerza, que rebotó fuera del agujero y ahí se quedó pasmado por un instante.

—¡Atrápenlo! —gritó Adele, y la secundaron otras voces; en la confusión se oía el gruñido de un gato.

Pip se lanzó hacia el agujero pero dio con la cabeza contra la pared. Sintió que algo lo agarraba por la pata y tiraba de él hacia la seguridad del agujero. Inmediatamente después se escuchó un golpe seco, producto del golpe que se había dado el gato contra los paneles de madera de la pared.

—Pip, ¿se encuentra bien? —preguntó Muy.

Pip negó con la cabeza.

—¿No está bien?

Volvió a negar con la cabeza.

—¿Se encuentra bien?

—N... no. Sí. Un poco mareado. Tenía que hacer algo importante, pero ¿qué era? ¡Oh, Dios! Debo recuperar mis facultades —respondió Pip y se estrechó con ambas patas la adolorida cabeza—. ¡Santo cielo! ¡Debemos llegar a él cuanto antes!

—¿A él? ¿Quién es él?

—Maldwyn, querida Muy. Debemos sacarlo del ático y llevárselo a la reina: no hay tiempo qué perder.

Pero la verdad es que el tiempo se había perdido por completo. Una garra experimentada penetró en el pequeño agujero y lanzó un zarpazo.

—¡Pip! —gritó Muy.

XV

"¿Lo habían capturado? Pero ¿cómo?", pensaba Pip. No tenía caso especular: el hecho era que ahora estaba preso entre las poderosas quijadas de Pinch.

Acostumbrado a viajar en la boca de un gato, aquella situación familiar habría debido darle algún consuelo. Pero esta apestosa oquedad no era la boca de Skilley, y Pip estaba seguro de que, con todo lo mal que se estaba ahí, pronto estaría peor: la boca de Pinch no tardaría en convertirse en un cruento pantano de sangre y vísceras, prueba indudable de su horripilante final.

Pip sintió que se resbalaba por la rugosa superficie de la lengua del gato. Después cayó bruscamente sobre el suelo de piedra. Trató de levantarse y correr, pero no consiguió avanzar. Miró sobre su hombro y vio que Pinch había atrapado su cola con la pata.

—Lo sé todo acerca de la amistad antinatural entre tú y aquel otro que se hace pasar por un gato.

Levantó la pata pero en el momento en el que Pip comenzó a correr, el gato soltó un cruel zarpazo que lanzó a Pip contra la pared.

—No pude creer lo que veía cuando lo encontré con ese pájaro —dijo Pinch mientras atrapaba la cola del ratón entre los dientes y lo sacudía para lanzarlo hacia el corredor.

Pip trató de escapar de nuevo, pero el gato lo atrapó y lo mordió con fuerza para lanzarlo hacia abajo por las escaleras.

Pip chilló de dolor.

"Debes escapar, Pip. Cuando esté solo contigo…"

Pip intentó soltarse, pateando con las patas traseras los dientes del gato y arañando con las garras el paladar. Pero el gato sólo apretaba la mordida, lastimando sin piedad la pata del ratón. El colmillo atravesó su muslo y Pip sintió que la agonía oscurecía sus sentidos.

Recobró el conocimiento cuando Pinch lo soltó. Pip notó que caía. Trató de asirse de algo con sus extremidades debilitadas, pero no encontró nada más que aire. Sus ojos se cruzaron con los de su torturador.

Un instante después el mundo era tibio y húmedo y silencioso. Pip estaba bajo el agua.

"Sin duda ese maldito grajo pensó que aquí estaría seguro."

Pinch saboreó esa idea mientras se agachaba para atravesar la puerta de la buhardilla. Sus hambrientos ojos buscaron a la presa en la oscuridad. Se posaron en el cuervo que estaba parcialmente oculto en su nido de paños viejos: un ojo frío como de obsidiana lo miró fijamente.

Maldwyn había estado esperando a Pinch desde que oyó a Adele quitar el baúl que protegía la puerta. El cuervo nunca subestimaba a un enemigo y desde el primer momento entendió la gravedad de la situación. Si tenía miedo, no lo aparentaba.

—No tienes nada que hacer aquí —dijo con desdén mientras el gato se acercaba.

—¿Tienes idea de quién soy? —graznó Maldwyn más como amenaza que como pregunta.

El gato se paseó manteniendo una respetuosa distancia, moviendo la cola al ritmo de sus propios pasos.

—Yo nunca olvido una comida que dejé a medias —respondió—. Sé que el cobarde de Skilley es tu amigo.

—En eso te equivocas. Skilley no es ningún cobarde. Los cobardes eligen víctimas, no iguales. Pero deberían cuidarse de buscar pelea con alguien superior a ellos, como seguramente entendieron tú y tus amigos aquel día en el callejón. Esa cicatriz en la frente te la hice yo, ¿no es cierto?

—¡Cierra el pico! —gritó Pinch acercándose un poco más.

—Si crees que estoy indefenso, tu memoria es peor que tu inteligencia —dijo Maldwyn poniéndose de pie y resonando su afilado pico—. Anda, acércate, si es que te atreves.

Pinch aceptó el reto: comenzó la batalla.

"Agua. ¡Cree que puede ahogarme en una cubeta con agua!", pensó Pip y se dejó hundir lentamente hasta quedar fuera de la vista del gato. Pese al dolor en su pierna herida, no pudo evitar sonreír.

"Gato descerebrado. ¿Qué no sabe que los ratones pueden nadar?"

De hecho, los ratones pueden nadar, y más aún: pueden contener la respiración bajo el agua durante varios minutos. Pip dejó escapar una hilera de burbujas y esperó. El agua resultaba tibia y reconfortante para su pierna herida.

Pero esperen; ¿agua tibia? Pip detuvo su descenso, se dio la vuelta y comenzó a patalear hacia la superficie. Al emerger se dio cuenta de que lo rodeaba una pared de hierro: Pinch lo había lanzado a una de las ollas de Croomes, y a juzgar por la temperatura, el agua comenzaría a hervir pronto, y entonces…

"No. Lo mejor será no pensar en eso ahora."

Sin perder un instante, nadó hacia un borde de la olla. Pero, aunque intentó con todas sus fuerzas, no encontró imperfección alguna a la cual asirse.

La pierna herida le dolía. Fue entonces cuando notó el hilo de sangre que iba dejando tras de sí. En ese momento comenzó a respirar con dificultad.

"Tan sólo mantente a flote. Alguien te encontrará."

El vapor comenzó a rodearlo en pequeñas espirales como espectros. Pip tocó con cuidado un lado de la olla y retiró enseguida la pata escaldada tratando de contener el pánico.

El hierro estaba demasiado caliente.

—¡Skilley!

—¡Muy! ¡Gracias a Dios!

—No, gracias a Nudge. Él me dijo que usted estaba aquí comiendo queso. ¡Qué barbaridad, gato Skilley! —gritó mientras bajaba de una repisa a otra—. ¡Pip lo necesita! ¡Venga rápido! Está… está…

—¡Está qué! ¿Qué pasa? —preguntó Skilley.

En realidad ya lo sabía.

—¿Qué hizo Pinch?

—¡Cocinó a Pip!

—¿Lo cocinó?

Muy llegó hasta Skilley y lo jaló de la cola:

—El gato Skilley tiene que salvar a Pip. ¡Venga! ¡Se va a ahogar! ¡O hervirá…!

—¿Cómo? ¿Dónde?

—¡En la olla de Croomes! ¿Dónde más lo podrían hervir? —preguntó Muy, exasperada.

Parecía que el pánico se iba apoderando de Muy: lo que decía no tenía ningún sentido.

—Cálmate, Muy —dijo Skilley, aunque él mismo sentía una terrible agitación ante aquellas noticias. Una vez más se lanzó contra la puerta.

—¿Estoy atrapado, no lo ves? Soy demasiado grande…

En respuesta, Muy se escabulló por una rendija por debajo de la puerta.

—¿Qué diablos…?

Skilley oyó un cascabeleo y se paró en dos patas para tratar de ver algo por la cerradura de la puerta, pero fue inútil.

—¿Qué haces?

—Muy… trata… soltar… seguro —respondió e hizo una pausa para respirar profundamente—. ¡Grrr! Muy no es fuerte. Espere aquí.

"¿Esperar?"

—¡Muy, date prisa!

Hacía un calor sofocante. Un calor que le recordaba que su sangre estaba a punto de hervir: "Demasiado caliente... para luchar. Será más fácil... dejarme ir", agonizaba Pip.

Su cuerpo flaqueaba y su mente revoloteaba como una abeja de pensamiento en pensamiento:

"¿Maldwyn? ¿Qué será de él ahora? Y Skilley..."

Sabía que debió decirle... algo... pero no recordaba qué.

Contra toda esperanza, la puerta se abrió: Skilley miró asombrado y boquiabierto a la pequeña Muy, que corría hacia él y lo jalaba de la pata.

—¡De prisa! —insistió.

Entonces la vio justo fuera de la puerta con la mano en el picaporte.

—¿Cómo fue que te quedaste encerrado en la bodega de los quesos? —le preguntó Nell a Skilley mientras se agachaba para dirigirse a Muy—: ¿Era esto lo que te tenía tan preocupada?

Muy comenzó a chillar al tiempo que Nell se arrodillaba. Skilley no esperó a ver si Muy conseguía explicarle las cosas a Nell. No había tiempo.

Corrió escaleras arriba. Cuando llegó a la puerta de vaivén, un estruendo lo detuvo en seco.

—¿Qué será eso? —se preguntó en voz alta, aunque en realidad conocía la respuesta.

"Maldwyn y Pinch."

Skilley no tuvo necesidad de elegir. Sabía, sin lugar a dudas, hacia qué lado se inclinaba su lealtad, hacia qué lado se inclinaría siempre. Dando la espalda a los terribles alaridos y graznidos que venían del piso superior, se lanzó por la puerta de la cocina.

—¡Ya voy, Pip! —gritó.

De un par de saltos Skilley subió a la mesa de picar que estaba junto a la estufa.

—¿Pip, estás bien? —lo llamó.

La única respuesta fue un silencio desolador.

Skilley se paró en la estufa:

—¡*Auch!* —gritó, y retiró la pata izquierda, lamiéndola para sanarla.

Pese al dolor, colocó la otra pata en la orilla de la olla, pero no aguantó mucho tiempo: estaba demasiado caliente. Sujetándose bien con las patas traseras, inclinó la olla, pero ésta se balanceaba de forma inestable y amenazaba con derramar su contenido sobre las llamas de la estufa. Aquello no funcionaría. Se estiró todo lo que pudo para asomarse sobre la cacerola y lo único que vio fue la punta de la nariz de Pip en la superficie del agua. Su ligero pataleo era casi imperceptible.

El calor hizo que Skilley se retirara de nuevo. Buscó a su alrededor: las paredes, el suelo, el techo sobre su cabeza. Entonces los vio: "los chiles del señor Thackeray". Una guirnalda de chiles colgaba de un gancho sobre la estufa. Skilley dio un salto y sus garras se clavaron en los chiles y en el trozo de la cuerda que los sujetaba. Se balanceó peligrosamente sobre la estufa.

—¡Mi cola! —le gritó a Pip rogando que fuera lo suficientemente larga—. ¡Sujétate de mi cola!

Bajó la cola todo lo que pudo sobre la cazuela, deslizándose poco a poco, un poco más, un poco más, un poco más. Los vapores que emanaban de los chiles le lloraron los ojos, y tuvo que apretarlos. No sentía nada más que un calor abrasador en la cola.

—¡Pip! ¡Sujétate! —gritó moviendo la cola de un lado a otro en busca del débil ratón—. ¡Pip!

Al fin, Skilley sintió el más ligero de los tirones.

—¡Sujétate bien!

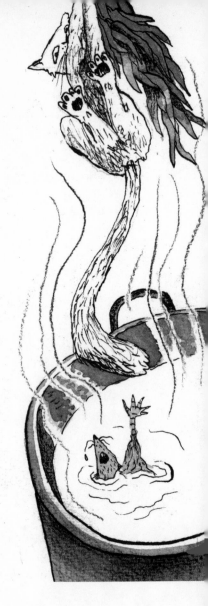

Agradeció al destino que su cola tuviera la forma de un gancho, pues fue eso lo que le permitió sacar al ratón y ponerlo a salvo.

El terror de Pip era tal, que no se soltó inmediatamente de Skilley, ni siquiera cuando se hallaba ya en el piso. El ratón jadeaba y temblaba mientras su cuerpo se enfriaba un poco.

—Skilley… —dijo antes de empezar a toser con violencia.

—Calma, Pip —dijo Skilley.

—Yo… yo… —tartamudeó Pip—. Perdóname.

—¿Perdonarte? ¿Qué hay que perdonar?

—No haberte perdonado.

—Ay, Pip.

—¡Ahí están! —gritó Nell casi sin aliento—. Los he estado buscando por… ¡Ay, Dios! —dijo Nell al ver la olla humeante y al empapado ratón. En ese momento sus ojos se achicaron de furia al comprenderlo todo.

—Fue ese maldito gato el que hizo esto, ¿verdad? —exclamó levantando al ratón en el cuenco de sus gentiles manos.

Ahora que Pip estaba a salvo, Skilley buscó a la pequeña ratona.

—¿Dónde está Muy?

XVI

—¡Muy! ¡No! —gritó Maldwyn, pero Muy estaba decidida a vengar a Pip:

—¡Malo, malo, bestia malvada! —gritó mientras corría hacia Pinch por la habitación y se lanzaba de un salto sobre la cola.

Pinch la miró con aire divertido: sacudió la cola para quitarse a Muy de encima, pero la ratona se sujetaba con firmeza. Cuando se soltó del pelo, clavó los dientes en la carne del gato, quien gritó de dolor al tiempo que su buen humor se evaporaba:

—¡Ay!

Giró y giró sobre su eje sin lograr que la pequeña ratona lo soltara.

—¡Muy! —gritó Maldwyn.

Pinch azotó la cola en el suelo y Muy lo soltó.

Sin importarle su propio bienestar, Maldwyn se lanzó hacia el gato, pero era demasiado tarde. Muy desapareció tras un latigazo de la cola y un veloz movimiento de las quijadas del gato.

El impacto y la incredulidad elevaron a Maldwyn a tal nivel de furia, que Pinch comenzó a batirse en retirada. Mientras el gato trababa de llegar al rellano de la escalera, Maldwyn se lanzó en picada sobre él, atacándolo con el pico y las garras.

—¡Escúpela! —gritó el cuervo.

Skilley dejó a Pip con Nell y atravesó el comedor rumbo a la buhardilla, pero se encontró con una multitud de humanos estupefactos que le cerraban el paso hacia las escaleras. Buscó una ruta discreta pegándose a los paneles de la pared. Dio un paso, luego otro, luego…

—¡Cuidado! —advirtió Henry.

Al principio pensó que el tabernero se dirigía a él, pero a continuación escuchó terribles graznidos y gruñidos, y vio la bola de plumas negras y pelo color jengibre que rodaba escaleras abajo hacia el comedor.

La extraña bola se separó, y eran…

un gato…

…y un cuervo.

Ambos estaban cubiertos de sangre.

Skilley corrió y se colocó entre ambos, lanzando a Pinch un amenazante y grave bufido.

—¿Maldwyn? —gritó un hombre que tenía un sombrero entre las manos. El cuervo, lastimado y mareado, inclinó la cabeza y azotó el pico al oír su nombre.

El hombre se acercó un poco, pero los gruñidos y zarpazos de Pinch lo hicieron retroceder. Sacó una pistola del bolsillo.

—¡No! —gritó la mujer vestida de negro—. Podrías lastimar al ave—. Se volvió y, con una mirada acusadora, increpó a Henry—: ¿Cómo es que tiene usted un cuervo de la Torre?

—Yo… yo… yo… —fue lo único que pudo responder Henry.

Pinch se apartó y se lanzó contra el cuervo, pero Skilley lo atajó y le bloqueó el paso.

—Aléjate de Maldwyn —gruñó.

En respuesta a la advertencia, Pinch dejó salir una retahíla de insultos. Si los humanos hubieran podido entenderlo, las obscenidades que decía el gato le hubieran merecido terminar con la cabeza clavada en una estaca, incluso en esos años de Ilustración.

—No vas a quitarme lo que es mío —escupió Pinch—. El pájaro me pertenece.

—Ahora que está medio muerto, es un buen contrincante para ti —se burló Skilley.

—Con tal de hacerte daño, me aseguraré de que esté completamente muerto.

Skilley notó el temblor en el costado de Pinch, quien se lanzó sobre Maldwyn antes de que los humanos pudieran reaccionar.

—¡El gato color jengibre! —gritó la reina—. ¡Va por el cuervo!

Pero Skilley era más rápido: cayó sobre Pinch con las garras de fuera y lo tiró al suelo. Ambos rodaron escupiendo y siseando entre el aserrín.

El cuidador de cuervos aprovechó aquella distracción para levantar al ave.

—¡Cuidado! —gritó el señor Dickens—. ¡Los gatos se preparan para pelear!

—¡Me repugnas! —gruñó Pinch—. Haciéndote amigo de pájaros y ratones y quién sabe qué otra clase de alimañas: alimañas que deberías comerte si fueras un gato de verdad. Conozco tu asqueroso secreto… —añadió escabulléndose de Skilley, jadeando.

Ahora era Skilley quien caminaba de un lado a otro, como retando a Pinch a que lo atacara de nuevo.

—Tú comes queso —las palabras salieron de las apretadas quijadas de Pinch.

"Así que lo sabe", se sorprendió Skilley al darse cuenta de lo poco que le importaba aquella revelación.

—Sí, como queso. Es más, mi mejor amigo en esta ingrata vida es un ratón y arriesgaría la vida por él, y por esa ave.

—¡Traidor! —gritó Pinch soltando espumarajos por la boca.

—¡De prisa! ¡Deténganlos! —gritó uno de los humanos.

Pinch dio otro brinco. Esta vez, su enloquecida furia le otorgó una altura y velocidad inesperadas. Skilley se agachó, pero ahora no se trataba de la escoba de la pescadera: las garras de Pinch le rajaron la nariz.

Con otro zarpazo le hirió el lomo. Skilley gritó de dolor.

Nell salió de la cocina para sumarse a los otros humanos. Al escuchar los tremendos gritos y gruñidos, Pip trató de asomarse por el bolsillo del delantal. De inmediato notó el insaciable odio que tenía poseído a Pinch. Pip tenía que ayudar pero, ¿cómo?

Recordó el día en que, con horror, vio cómo era devorado Bodkin. El recuerdo lo estremeció y lo enfureció. ¿Estaría condenado una vez más a ser un espectador de la muerte de un amigo?

"Eres sólo un ratón diminuto, Pip."

Luego lo asaltó otro pensamiento:

"Eres sólo un ratón, pero diez mil ratones son una conflagración."

—No te preocupes, Skilley —susurró—. Te ayudaremos.

Pese al terrible dolor en la pierna, salió del bolsillo de Nell y se deslizó por su falda sin ser visto.

—Nunca he comido cuervo. Quizá comience por el ojo que le queda —amenazó Pinch: estaba tan enceguecido por la furia que no se dio cuenta de que Maldwyn estaba fuera de su alcance.

Skilley se lanzó sobre el lomo de Pinch, pero su adversario estaba más allá del dolor. Soltaba espumarajos por la boca y se lanzó como serpiente ponzoñosa sobre el cuello de Skilley.

—¿Te das cuenta? —dijo mientras enterraba las garras en Skilley—. Me acabo de comer un pequeño ratón. ¿Puedes olerlo en mi boca?

Skilley luchó por liberarse, pero tenía la pata trasera de Pinch enterrada en el estómago.

—¿Cuál ratón? —gritó.

Pinch ignoró la pregunta.

—Tú nunca has matado a otro gato —dijo con una voz que sonaba tan afilada como una navaja rebanando los nervios de Skilley—. Yo sí.

—¿Cuál ratón? —jadeó Skilley mientras las garras de Pinch se enterraban más profundamente. Se torció y se retorció, pero Pinch no lo soltaba.

—Muy pequeño como para tener nombre —respondió Pinch.

Ante aquella noticia, Skilley se rindió ante Pinch.

"No, no, por favor. Muy no."

Haciendo acopio de las últimas fuerzas que le quedaban acercó la cara a Pinch y le susurró:

—Como lo sospechaba: eres un cobarde.

Pinch respondió con un maullido estremecedor, un maullido que no era una reacción al insulto, sino producto de un terrible dolor.

Durante la batalla, Skilley había acercado a Pinch a la pared del comedor, y ahora la afilada punta de un clavo se le había enterrado en el trasero. Ni su gruesa piel fue capaz de contener aquel fatídico pedazo de metal. Maulló de nuevo y soltó a Skilley, que aprovechó para escabullirse.

En medio de una ira volcánica, Pinch se dio la vuelta hacia Skilley sin notar el titileo de las lámparas de gas.

Pero Skilley sí lo notó: las lámparas se apagaron una vez, dos veces, tres veces. En segundos, un profundo olor a almizcle inundó el comedor. Todos se congelaron. Entonces llegaron los ratones.

Salieron de cada rincón de la taberna. Atravesaron el yeso, los paneles y los tablones de madera. Pip había lanzado la antigua señal y todos habían respondido.

Corrieron en auxilio de Skilley. Bajaban por las escaleras, subían desde la bodega, caían del techo; se desplazaban como el mercurio por las paredes y por el suelo arrastrando a Pinch hasta los pies de los humanos.

—¡Odio a esos malditos ratones! —gritó Pinch.

—¡Amo a esos benditos ratones! —canturreó Skilley.

—¡Así es! —graznó Maldwyn.

Los humanos se encaramaron en sillas y mesas; todos excepto aquellos que se quedaron paralizados y observaban el espectáculo entre maravillados y despavoridos.

Cierta locura se apoderó de la habitación.

XVII

Pip miró el mar de ratones que inundaba el suelo, la barra, las escaleras: la marea mantenía alejado al furioso Pinch. Al mismo tiempo, como olas protectoras se elevaban en torno a Skilley mientras el cansado gato se lamía el lomo herido. El cuervo escapó de entre las manos del cuidador de cuervos de la Torre y, graznando, revoloteó hasta Skilley.

—¡Maldwyn! —ordenó el hombre.

Pero el cuervo de la Torre sabía que estaba en deuda. Se irguió junto a Skilley. Lucía tan digno como cualquiera de su rango, aun cuando le faltaba un mechón de plumas en medio de la frente. Con el pico tocó delicadamente la frente del gato.

El frustrado Pinch profirió insultos y amenazas incoherentes que sólo podían ser identificadas por el tono y el volumen de su voz. Una chica que era más bien una desgracia balbuceante lo acompañó en la locura. A algunos les pareció que se trataba de Adele, pero otros que la conocían bien no estaban tan seguros.

—¡Mi cuchillo! —gritó—. ¿Dónde está mi cuchillo? ¡Los mataré a todos como ya lo he hecho antes! —dijo mesándose los cabellos; rasgó el delantal hasta hacerlo pedazos; pateó y pisoteó a cuanto ratón tenía cerca; dos puñados de monedas cayeron de su bolsillo roto y gritó de nuevo—: ¡Mi dinero del queso!

Destellos de oro y plata rebotaban y rodaban por el suelo hasta desaparecer bajo la gris alfombra de ratones:

—¡Es mío! ¡Mío!

—¿Tú eres la que ha estado robando el queso? ¿Y lo has estado vendiendo? —gritó Croomes.

—¿Adele ha vendido nuestro queso? —preguntó Henry.

Adele trató de acercarse a la puerta, pero uno de los hombres de la reina le cortó el paso y le lanzó una mirada adusta.

Pinch eligió ese momento para lanzar un largo bufido.

Los otros humanos retrocedieron, rehuyéndole. El gato lanzaba zarpazos como si tratara de deshacerse de un enjambre de abejas.

Fue el señor Dickens quien tuvo el valor de acercarse pese a la demencia del gato. Se agachó y de inmediato lo cogió del pescuezo. Pinch se relajó, pero no porque estuviera tranquilo:

fue más bien como si se hubiera desconectado de su cuerpo y lo hubiera abandonado para que se las arreglara como pudiera, es decir: de ningún modo. El gato color jengibre colgaba inmóvil de la mano del señor Dickens. Un poco de saliva se iba acumulando en las comisuras de su boca.

El cuidador de cuervos de la Torre dudó y se acercó al ave a su cuidado.

—¿Estás bien, muchacho?

—Alguien pagará por este crimen —dijo la reina Victoria—. Ah, si no fuera porque el hacha del verdugo ha perdido su filo después de tanto tiempo… —agregó negando con la cabeza.

Henry tragó saliva y se aflojó el cuello de la camisa:

—Su Majestad —chilló—. De verdad no sé qué… cómo… cuándo…

—Yo sí lo sé —intervino Nell abriéndose paso.

El mar de ratones se abrió dejando libre el camino hacia Maldwyn. Nell avanzó y con cuidado levantó al cuervo entre sus brazos.

—Con cuidado, señorita —advirtió el cuidador—. Maldwyn podría lastimarla… —y la miró maravillado al notar lo dócil que era el cuervo en sus manos—: ¡No puedo creerlo!

Nell le entregó a Maldwyn.

—Una vez lo rescaté —explicó—, antes de que me mandaran al campo. Lo atacaban unos gatos y cuando oí el escándalo corrí al callejón. Los gatos huyeron cuando me vieron, y mis amigos los ratones me ayudaron a cuidarlo y a sanarlo, aunque temo que nunca podrá volar de nuevo.

Acomodó al cuervo entre los brazos del cuidador.

—No debió haber volado nunca —dijo el cuidador lanzando una mirada severa al cuervo.

Al fin, Henry consiguió hablar:

—Mi hija siempre ha tenido buena mano con los animales —hizo una pausa para volverse hacia su hija con una mirada cargada de culpa; luego agregó—: Y desde hoy, nunca volveré a dudar de ella.

—¿Es cierto lo que dice? —preguntó la reina.

—Sí, es verdad —admitió Henry—. Nell es capaz de domar hasta la bestia más...

—¡Dios santísimo! ¿Podría alguien despertarme de esta locura? ¡Me refería al cuervo!

—Eso parece —respondió el cuidador examinando las cicatrices en el ojo de Maldwyn. —Además de estas heridas nuevas, tiene marcas de dientes y garras.

—¡P-p-p-pero l-l-los r-r-ratones! —tartamudeó Adele entre llantos y sollozos—. ¿A nadie le importa que este lugar sea la guarida de estos roedores?

—Tiene razón —dijo la reina Victoria—. Nunca antes vi tal plaga. Me parece que necesitan un poco de arsénico.

—¡Esperen! —interrumpieron Dickens y Croomes al mismo tiempo; tras lanzar una mirada sorprendida a la cocinera, Dickens continuó—: Eh, perdone, Su Majestad, pero ¿no se da cuenta de lo que está pasando aquí? —dijo levantando al gato en desgracia.

—Nuestro cuervo está a salvo —dijo la reina—. ¿Qué tiene que ver todo lo demás con Nuestra Persona?

El señor Dickens confió todo a su posición privilegiada de escritor e insistió:

—¿No le parece evidente? Este gato estaba tratando de matar al cuervo de Su Majestad —y entregó la apocada bestia a uno de los hombres de la reina—. El otro gato salvó al cuervo. Y a ese gato —dijo señalando el mar de ratones— lo salvaron estas criaturas, las mismas que cuidaron de su cuervo cuando fue atacado por otros gatos, tal como nos acaba de contar la joven Nell.

La reina Victoria se tomó un instante para inspeccionar la escena. Lentamente, permitió que los acontecimientos ocurridos minutos antes cobraran otro significado:

—No esperará que pensemos que...

La mirada de la reina se detuvo sobre un agitado ratón que empujó a sus compañeros hasta que consiguió que le abrieran un pequeño camino. La reina no dejaba de mirar al ratón. El resto de los presentes siguió su mirada con obediencia.

En segundos todo quedó en silencio mientras veían cómo Pip caminaba renqueante hacia su amigo, el cual jadeaba en un rincón de la habitación. Sin prestar atención a su público,

Pip se encaramó en el lomo de Skilley y comenzó a limpiarle la herida.

—Pero esto... esto es imposible... —musitó la reina—. ¿Sugiere usted, señor Dickens, que un gato y un ratón, enemigos históricos, pueden ser amigos?

—Tengo grandes esperanzas —respondió Dickens.

Henry, afligido, interrumpió:

—¿Qué se supone que haga con todos estos roedores?

—Agradece al cielo que existen —respondió el señor Dickens—. No sólo han ayudado con el rescate del cuervo de la Torre, sino que tengo la sospecha de que... —agregó pasándose la mano por la barba bien arreglada como buscando las palabras adecuadas—. Tráeme un poco de tu queso Cheshire —le dijo a Henry, y se volvió hacia la reina Victoria—. Su Majestad, ¿me permite ofrecerle un poco del mejor queso de Inglaterra?

Henry se iluminó al escuchar la pregunta de Dickens. Miró el redondel de queso que se había roto cuando Adele lo lanzó contra la pared.

—Quizá algo un poco más fresco —sugirió el señor Dickens en voz baja.

Henry asintió y bajó corriendo las escaleras.

—Qué tontería —dijo la reina Victoria—. Mi granja lechera en Windsor produce una variedad perfectamente satisfactoria.

—Le imploro a Su Majestad que lo pruebe —dijo Dickens.

Henry volvió con una rebanada del dorado queso.

Era muy extraño ver a la reina aceptar un pedazo de queso que le ofrecía un tabernero plebeyo. Aunque, claro, todo en aquel embrollo era muy extraño. Y todavía no terminaba.

Henry le entregó la rebanada. La reina se la comió completa y pidió más.

—Un queso maravilloso, ¿no es cierto? —preguntó el señor Dickens.

—Nunca había probado algo igual —respondió la reina—. ¿Cómo es posible? ¿Cuál es su secreto? —le preguntó a Henry.

Henry miró a Croomes, que encogió sus gigantescos hombros:

—Es una vieja receta familiar —dijo con cierto aire de misterio. Entonces volvió la mirada hacia el techo, como buscando cuarteaduras.

El señor Dickens, creador de muchos personajes extravagantes, negó con la cabeza.

—Me parece que hay algo más, ¿verdad, Agnes? Con catadores como éstos, ¿cómo no habría de tratarse de una magnífica receta?

Aunque sonreía, sus ojos atravesaron la cocinera como un par de taladros, y la cara de Agnes Croomes se tornó del color de los betabeles en escabeche.

—Es verdad. Me fío de ellos porque son los mejores.

Nadie respondió a su declaración:

—Reviso cada nueva tanda de queso después de que se ha añejado un par de meses en el sótano. Si los ratones lo han comido, sé que es una buena tanda. No tocarían un Cheshire mediocre. Aquí en el Queso tenemos sólo ratones quisquillosos.

—¿Y qué pasa si rechazan el queso? —preguntó Henry atónito.

Croomes miró a la reina con orgullo y dijo:

—Se lo vendemos a los franceses.

—¡*Ejem!* — carraspeó la reina Victoria y las risas en respuesta al anuncio de Croomes se acallaron de inmediato.

Desde su puesto cerca de la puerta, Adele hizo una torpe reverencia a la reina, quien reaccionó con una mirada de hielo y respondió de forma que todos pudieran escucharla:

—Nos parece que esta chica necesita ir a un reformatorio. La mandaremos a Red Lodge, en Bristol.

—¡Su Majestad! —gimió Adele.

Uno de los hombres de la reina se colocó de inmediato junto a Adele y la condujo afuera tomándola firmemente del brazo mientras le decía en un tono tranquilizador:

—En Red Lodge hay muchos ratones, señorita. Se va a sentir como en su casa…

—¡La ruina! ¡La ruina y la penuria son nuestro destino! —gimoteó Henry acongojado.

—Si no tienen nada más que decir —continuó la reina mirando a la concurrencia con severidad—, nos gustaría hacer una proclama a la luz de los heterodoxos eventos del día de hoy.

La reina se dirigió a todos los presentes:

—Proclamo que los ratones de El Viejo Queso Cheshire estén, en adelante, bajo la protección de la Corona, tal y como corresponde a los guardianes del mejor queso del reino. Asimismo, mientras un solo ratón resida en esta taberna, sus puertas no habrán de cerrar jamás.

Fue un momento extravagante. Diez mil ratones la ovacionaron. El señor Dickens cargó entre sus brazos a la sonrojada Croomes y le dio vueltas por la habitación. Nell abrazó a su corpulento padre. El tabernero la miró.

—Sus puertas no habrán de cerrar jamás… —susurró aturdido por el gusto.

Y nunca han cerrado.

Epílogo

Un par de días después de la visita de la reina a la taberna, Pip encontró a Skilley en el techo. La lluvia se había marchado hacia el continente soplando con altanería sobre la inocente campiña francesa.

—Iba a buscarte —dijo un somnoliento Skilley mientras se estiraba sobre una pata y sobre la otra.

—Ah, sí...

Pip se lamió la pata...

se rascó la oreja...

se lamió la pata...

y se tocó la nariz.

—¿Sigues preocupado por Muy? —preguntó Skilley con cierta cautela—. Pronto aprenderá a moverse con tres patas. Además, me parece que está disfrutando inmensamente su papel de heroína...

—No, estoy seguro de que Muy estará bien —dijo Pip.

Sin embargo, se estremeció ante la imagen que le cruzó por la mente. Había llegado a perder la esperanza de volver a ver a la pequeña Muy, y aun así la habían encontrado, débil pero viva, en un charco de sangre en el rellano del ático. El solo recuerdo disparaba sus tics: se lamió ambas patas al mismo tiempo y comenzó a tallarse la cara vigorosamente.

—¡Caramba, Pip! —gritó Skilley con creciente alarma—. ¿Quieres decirme qué está pasando?

—Se trata de nuestro amigo, el señor Dickens.

—¿Dickens? —preguntó Skilley confundido—. Gracias a él la taberna está a salvo, así como los ratones. Sin duda ahora mismo está escribiendo…

—¡No está escribiendo, Skilley! ¡Hace días que no duerme porque no sabe qué escribir!

—¿Qué dijiste?

—No tiene principio para su relato.

Skilley enroscó y desenroscó su cola mientras miraba a Pip con atención:

—¿Cómo lo sabes?

—Y… yo… leí sus escritos —confesó Pip—. Skilley, se trata de la más maravillosa historia de dos ciudades…

—¿Que hiciste qué? ¡Leíste sus papeles después de aquello que dijiste acerca de leer la obra de un artista!

—Pero, Skilley, ahora que sé qué es lo que tiene tan preocu-